LOM PALABRA DE LA LENGUA YÁMANA QUE SIGNIFICA **SOL**

González Valdenegro, Sonia 1958 -
    La preciosa vida que soñamos [texto impreso] /
Sonia González Valdenegro. — 1ª ed. — Santiago: LOM
Ediciones, 2007.
    172 p.: 11,8 x 21 cm.- (Colección Narrativa)

    R.P.I.: 162.136
    ISBN : 978-956-282-893-2

    1. Novelas Chilenas I. Título. II. Serie.

    Dewey : Ch864.— cdd 21
    Cutter : G589p

        Fuente: Agencia Catalográfica Chilena

© LOM Ediciones
Primera Edición, 2007

I.S.B.N: 978-956-282-893-2
Registro de Propiedad Intelectual N°: 162.136

Motivo de cubierta: montaje de Valentina Díaz Leyton

Diseño, Composición y Diagramación:
Editorial LOM. Concha y Toro 23, Santiago
Fono: (56-2) 688 52 73 Fax: (56-2) 696 63 88
web: www.lom.cl
e-mail: lom@lom.cl

Impreso en los talleres de LOM
Miguel de Atero 2888, Quinta Normal
Fonos: 716 9684 - 716 9695 / Fax: 716 8304

Impreso en Santiago de Chile

Sonia González Valdenegro

LA PRECIOSA VIDA QUE SOÑAMOS

La seguridad de los Domínguez

Se declararon, los Domínguez, personas para quienes todas las medidas de seguridad del mundo nunca serían suficientes.

Para muestra, el botón de la nueva casa, en la que hicieron instalar un sistema de alarma que acusaba la entrada de cualquier intruso después de las diez de la noche, hora en que la familia se retiraba al segundo piso para descansar; el perro doberman, de aspecto temible y cuya elección obedeció al fiero prestigio de aquella raza, atado todo el tiempo en el patio, con sus vacunas al día y el vientre desparasitado.

Y como si lo anterior fuera aún insuficiente, el arma, el revólver que el señor Domínguez guardaba en la parte más alta de su closet, descargado, a mano por si alguien...

La casa que escogieron era la tercera de un condominio custodiado por la guardia permanente en que se alternaban tres exsuboficiales del ejército, que cumplían sus turnos con responsabilidad y gentileza, proporcionando a los vecinos servicios adicionales, tales como informar si Matías, el hijo mayor de los Domínguez, había vuelto de su preuniversitario; si la señora Zuloaga regresaba antes de las cuatro de la tarde o a qué hora salía el menor de los Bravo a su clase de natación.

Leonor consideraba que tales medidas ponían a buen recaudo su casa y también su vida.

Es sabido que la seguridad vuelve a las personas algo bobas. Pero este no era el caso. Leonor lo era desde antes de asegurar su vida por los cuatro costados.

La historia de Leonor, la otra, la que precedió a su matrimonio con Matías Domínguez, no fue precisamente el espejo donde se refleja la felicidad. Ella, su madre y sus hermanas fueron abandonadas por su padre cuando Leonor tenía cinco años. Para la madre de Leonor, a juzgar por las cosas que decían, lo más grave de aquel abandono fue dejarlas expuestas a la maldad de cualquiera en la vieja casona de la calle Vergara. Para Leonor lo peor no era eso. Lo más grave, si entendemos que entre un suceso y el dolor que éste provoca está la verdadera relación, había sido que su padre se casara después, que pusiera en el mundo tres nuevos hijos y obsequiara a estos el tiempo que a ellas les arrebató. La gravedad estaba en el hecho de que, al asistir al funeral de su padre y ver su cuerpo cargado por aquellos tres muchachos, advirtiera que el sentimiento que embargaba su corazón no era rencor, odio ni desprecio por el muerto, sino una infinita piedad hacia sí misma. Todo eso era lo grave.

Aunque tal vez boba no sea la expresión más adecuada. Solo un poco distanciada de la realidad.

Ignoraba ella, por ejemplo, que durante el verano del año noventa y cinco –antes de que la familia partiera de vacaciones al norte, según ya era costumbre–, y luego de levantarse y cepillar sus dientes, Sebastián, el hijo menor, entró cada mañana en el dormitorio matrimonial de sus padres, acercó la banqueta con tapiz de brocato, se quitó las zapatillas, trepó sobre ella y extrajo, desde la parte más alta del clóset, del interior de una caja con las tapas a medio desprender, el revólver de su padre.

A la luz de hechos posteriores, resulta insólito, y casi una irresponsabilidad de parte de su madre, ignorar esta conducta repetida durante días, casi un mes, ante sus propias narices.

Es verdad, y así declaró en su defensa Leonor, miope desde su adolescencia, jamás llevaba puestos los anteojos dentro de la casa, y solo utilizaba unas lentillas de contacto cuando debía sacar el automóvil para ir al supermercado. También se estableció que el chico fue suficientemente hábil para no dejar rastros de su diaria incursión en busca del juguete de Papá. Por último, durante aquel verano, Leonor estuvo muy atareada en la preparación de las conservas para el invierno. La amplia despensa de la casa –la escogieron, entre otras razones, por el tamaño de ésta– invitaba a preparar muchos frascos de mermeladas y conservas. Era ocasión de orgullo para Leonor invitar a alguna de sus amigas más íntimas y, de una manera que pareciera casual, justificada por una cierta actitud de confianza, hacerse acompañar de ella hasta la cocina, donde, al abrir de modo igualmente fortuito alguna de las puertas de la despensa, quedara a la vista de la invitada la extraordinaria abundancia y previsión en que consistía su vida.

El señor Domínguez la llamaba por esto hormiguita, y a Leonor aquello le parecía más demostrativo de su amor que muchas otras evidencias del desamor en que habían ido cayendo, de la manera más natural del mundo, los últimos años.

Sebastián tenía once años el verano del noventa y cinco, y se disponía a iniciar el séptimo grado en el colegio donde estudiaba desde segundo, que fue la época en que se mudaron al condominio. Era un chico de gran porte, de cabello rubio y lacio, que gustaba llevar muy corto. Tenía la frente despejada y unos ojos pequeños en el medio de la cara, muy cerca uno del otro, lo que daba a su aspecto cierto aire caballuno. Esto último no había pasado inadvertido para sus amigos, quienes le hacían constantes y pesadas bromas, la más común de las cuales era pronunciar su nombre entre relinchos. A Sebastián aquello no parecía importarle. Era Minetti, un chico del condominio vecino, quien hizo notar la semejanza y dirigió desde entonces el coro de burlas. Minetti era algo mayor, un poco farsante, y más parecía imponer su presencia que mendigar la compañía de Sebastián y el hijo de los Bravo, el hermano del campeón de natación; de Zuloaga, que vivía con su madre y una hermana pequeña, y de Iturriaga, que en enero no estuvo porque se había ido con su familia a Miami. Era Minetti un muchacho cariñoso cuando no estaba molestando a Sebastián por su cara de caballo.

Al encontrarse en medio del condominio, bajo los árboles que fueron respetados de la antigua construcción, los chicos daban curso a la ceremonia del revólver, que consistía en hacer pasar éste de mano en mano para que cada uno de ellos lo sostuviera y le tomara el peso antes de apoyar el cañón sobre su propia sien y apretar a continuación el gatillo.

Sí. Cualquiera que los hubiera visto habría sospechado necesariamente, y con espanto, que los chicos practicaban el macabro juego de la ruleta rusa. Pero habría sido un error, hasta cierto punto.

El cargador estaba vacío. Los chicos verificaban, cada vez, parte del rito, que lo estuviera. Aunque Sebastián pensaba para sí que algún día dejarían de hacerlo, que podría incitarlos a ello y así él jugaría, consigo mismo, con la posibilidad de poner en el interior un proyectil, uno de verdad.

Leonor observaba la plaza desde la cocina. La tranquilizaba, habría de declarar, que los niños estuvieran cerca de ella y a buen recaudo, que no corrieran el riesgo de una calle pública, la exposición a los conductores imprudentes y las malas personas.

A esa hora de la mañana, se sentaba junto a la mesa de diario a tomar un café mientras iba anotando, en una libretita que llevaba en su cartera, las cosas que debía hacer durante el día. Sus ocupaciones habituales eran ir al supermercado, llevar a alguno de los chicos al dentista o a casa de algún amigo fuera del condominio, o ir, sencillamente, de compras. El señor Domínguez no solo la llamaba hormiguita, sino que también la proveía de una mesada generosa para sus gastos personales, de cuyo empleo nunca hizo cuestión. Leonor sabía que su estilo de vida provocaba la envidia de sus amigas casi tanto como el atiborramiento de conservas que lucía en su despensa.

Al servicio de la familia estaba Rosario, una muchacha ordenada y trabajadora que fue enganchada a través de una agencia del sur. Era otro de los aciertos de Leonor. Rosario se afanaba desde muy temprano por la mañana, haciéndose cargo de toda la casa, incluidas las conservas, y dotada de una iniciativa que Leonor no había visto en las empleadas de sus amigas. Tenía, además, una salud de hierro, de manera que, aunque Leonor le reconocía el mismo derecho que ella tenía a enfermarse, jamás había sufrido un resfrío y nunca se cansaba. Durante el tiempo que estuvo a su servicio –su contrato fue terminado ese verano–, trabajó con dedicación y buena voluntad, sin quejarse de dolor de cabeza o de estómago.

En algo estaban. Podía advertir, por las dos manos aplicadas a recibirlo, que un objeto pesado iba pasando alternativamente a cada uno de los chicos. Pero Leonor no era capaz de reconocer el ademán cuando se llevaban el revólver a la sien. ¿Pensaba, tal vez, que imitaban un saludo militar? ¿Se burlaban, quizá de los vigilantes del condominio? Agitando el aire a su espalda para evadir el humo del cigarrillo que Leonor fumaba, Rosario terminaba de ordénar las cosas del desayuno y se disponía a inventar un almuerzo. Leonor no era una mujer muy reglamentaria, pero había, para Rosario, una pregunta vedada: qué vamos a hacer para el almuerzo. Fue una de las bases sobre las que se sentó el entendimiento entre las dos desde el primer día, y Leonor lo estableció sin rodeos: Si me preguntas qué hacemos de almuerzo, te vas; una chica que pregunta eso a la dueña de casa no sirve, a mí no me sirve. Rosario comprendió. El congelador estaba tan bien provisto como la despensa. A Leonor le fascinaba, aunque dijera lo contrario, ir al supermercado, de manera que había suficiente verdura, carne y fruta para lo que fuera necesario.

Ahora su propio Sebastián tenía aquello. Estaban sentados sobre el pasto. La mujer de la casa J se asomó a la puerta y los miró, como ella, sin distinguir lo que estaban haciendo a causa del sol que le daba contra los ojos.

Leonor Domínguez consideraba su infancia una época desdichada. El abandono de su padre, la consiguiente pobreza, el estigma de la separación en aquellos años... Como una manera de proteger a sus propios hijos de la infelicidad conocida por ella, se hizo el propósito de perdurar junto al señor Domínguez. Eso era lo que venía haciendo. Le bastaba con que él la llamara hormiguita y aproximara algunas noches su cuerpo al de ella. Le bastaba, especialmente, que estuviera todos los domingos al desayuno, sentado a la cabecera de la mesa de diario, en la cocina, hasta donde sus hijos iban llegando de uno en uno, con los ojos todavía pegados de sueño.

A eso ella le llamaba seguridad.

¡Pero cómo era posible que pasaran tanto tiempo sentados ahí!, ¡qué cosa podía resultar tan atractiva y cautivante para ellos que se desentendían de las bicicletas, los *skates*, los patines y hasta el simple arte de trepar a los árboles! De pronto los imaginó como un grupo de muchachos que se drogan en una plaza. Pero eso no podía ser.

Leonor no era ajena al hecho de que su marido consumía, de vez en cuando, algo de coca. Había encontrado el papelito en el interior de uno de sus bolsillos en una ocasión, cuando buscaba alguna boleta o un pañuelo que delatara a gritos la sospecha suya de que le era infiel. En tal contexto, la presencia de la droga solo logró inquietarla, aunque tal vez era eso lo que tenían los niños ahora. Quizá se drogaban. Observaría a Sebastián cuando regresara; miraría en sus fosas nasales.

Rosario le ofreció otra taza de café que Leonor rehusó. Deseaba que saliera ya de la cocina para iniciar el trajín de la mañana, pero no tenía el valor para pedírselo: Señora, por favor, ¿me deja hacer las cosas? Leonor había desplegado, respecto de ella, cierto trato amable, extraordinariamente cordial, pero distante. Quería parecer gentil con ella, pero que Rosario no llegara jamás a sentirse en confianza. Ese era su arte. Así no se vería obligada a atender sus historias ni hacerle favores que prefería dispensar a cualquiera que no fuera la chica que trabajaba en su casa y que percibía, en consecuencia, cada extraño silencio que flotaba en el aire.

Resulta difícil imaginar que las incursiones matinales de Sebastián hubieran pasado inadvertidas no solo para su madre, sino también para Rosario. Resulta, además, una irresponsabilidad mayúscula de esta última, quien no advirtió nada extraño sino hasta fines de aquel verano, particularmente el miércoles ese, cuando encontró la banqueta junto al clóset, pero no de la puerta donde guardaban el revólver (había sido advertida de su existencia por la propia Leonor), sino junto al otro extremo del clóset, respecto de la cual la señora también le expuso algún tipo de prevención que aquella mañana no recordó, limitándose a comprobar que no era la puerta del revólver y a dejar la banqueta en su lugar luego de cerrar el clóset, cuidando que la manga de alguna chaqueta no quedara atrapada.

Al abrir la ventana, una vez que decidió comenzar por los dormitorios a la espera de que Leonor acabara de fumar su cigarrillo en la cocina, Rosario advirtió que Sebastián atravesaba hacia la plaza llevando una bolsa de lona entre las manos. Y Rosario pensó entonces en Batman o el Hombre Araña, en cualquiera de los hombrecitos articulados que Sebastián solía dejar regados por la casa para ir después preguntando a gritos si alguien lo había visto, quién lo tomó, dónde estaría.

Ahora Sebastián se había reunido con sus amigos y, desde la calle, luego de atravesar el portón de acceso al condominio, que uno de los guardias activaba desde su caseta de control, caminaba hacia el centro de la plaza el chico Minetti.

Rosario pensaba que iba a extrañar aquella bonita casa el día que se fuera. Le gustaba, para empezar, la visión desde el dormitorio de la señora Leonor, a través de cuyas ventanas con jardineras se podía ver el esplendor de la cordillera, cuyos macizos ardían de nieve a pesar del verano. Le gustaba la sofisticada sencillez que Leonor había impreso a cada detalle de la casa. Rosario no lo pensaba con estas palabras, pero lo sentía así. Se podía vivir bien con sencillez, era su máxima, que creía aprendida de Leonor y que ésta ignoraba haberle trasmitido.

Puso los zapatos en el interior del clóset y volvió a cerrarlo; recogió la ropa interior que el señor dejó tirada en el dormitorio y la llevó hasta el canasto de ropa sucia que estaba en el baño. El baño se comunicaba con el dormitorio. A través de la ventana, que abrió para ventilar la permanente humedad, creyó ver a uno de los chicos correr en la plaza y ocultarse detrás de uno de los árboles, como también advertir en aquella carrera, aunque estaba muy lejos, una inquietante falta de estilo que quizá revelaba algo de miedo. A qué jugaban, después de todo. Se bajó del borde de la bañera hasta donde se había trepado para abrir la ventana y se acercó al lavatorio. La visión de sí misma, en el espejo, la distrajo de su anterior preocupación. Se sabía hermosa. Tenía una cara redonda y unos ojos vivaces de los que la señora Leonor sospechaba. Sospechaba de la inteligencia que ellos ocultaban, porque la chica era lo suficientemente astuta para ocultar todas las rarezas que advertía en aquel grupo familiar; para borrar las evidencias en la ropa del caballero, descubrir los escondites de los chicos, tantas cosas. Sus ojos eran, además, hermosos, de un color de avellanas que maravilló al señor Domínguez la primera vez que los vio, impresión que Rosario ignoraba y que el señor Domínguez manifestó a Leonor solo para molestar un poco a la hormiguita, simplemente porque era uno de esos días en que se sentía propenso a la maldad, como nos ocurre a todos. Algo raro encontraba Rosario en el señor Domínguez. Qué persona normal, o de aquellas que ella conocía, guardaría en el interior de su clóset un revólver si vivía en un condominio con guardia permanente y además tenía un doberman grande, lustroso, de blancos caninos que chirriaban cada vez que un desconocido llegaba hasta la puerta de la casa de ellos, y sin municiones, además, porque, le constaba, el revólver estaba descargado. Era una de las razones que le permitían mantener la calma, ya que a veces el señor y la señora Domínguez discutían, daban gritos; había oportunidades en las que se amenazaban con abandonos, muertes y suicidios. Lamentablemente, ella los escuchaba y era, por eso, la que pagaba los platos rotos al día siguiente, porque ellos, una vez agotada la discusión, parecían más tranquilos el uno con el otro y solo molestos con ella por haber escuchado más de lo que debía una chica que estaba ahí solo para recoger las cosas que ellos dejaban por ahí, limpiarlo todo y preparar algo de comida.

Gente rara, se conformaba a sí misma. Así declararía días después, a fines de aquel verano, cuando la interrogaron extensamente acerca de lo que hizo y no hizo la mañana de ese miércoles que, vista desde el futuro, mirada con el conocimiento de lo sucedido, resultaba tan predecible y fácil de entender como insólito suponer que tuviera ella y no el señor Domínguez, por ejemplo, responsabilidad en lo ocurrido, si era él quien había guardado el revólver en la parte alta del clóset, suficientemente alta para que los niños pequeños –los menores eran dos: Sebastián y Eusebio– pudieran alcanzarlo, pero nunca demasiado a resguardo de los sucesos que a veces se confabulan para traer la desgracia y barren entonces con todas las medidas de seguridad, como ocurrió esa mañana, en la que a Rosario, y según declaró cuando le llegó su turno, la única responsabilidad que le cabía era no haber recordado lo de la otra parte del clóset, porque sabía bien que en la primera, y nunca vio evidencias de que alguno de los chicos hubiera andado por ahí, se guardaba el revólver; es más, ella miraba hacia la parte alta cada mañana verificando que el ángulo de la caja que contenía el arma estuviera igual, como siempre estuvo, como lo vio todas las mañanas; pero tal vez, por aquel celo excesivo en lo del revólver, olvidó el asunto de las municiones que, por seguridad, el caballero había dejado, a entender de Rosario desprevenidamente, en el otro lado del clóset, donde, claro, aquella mañana ella encontró una banqueta, como si alguien hubiera trepado a ella para buscar algo, y entonces se volvió a mirar en la primera puerta si estaba la caja, y la caja estaba, la caja sí estaba, pero cómo recordar también lo de las municiones.

Aunque sí. Hubo un momento de violenta memoria. Fue cuando se sintió la detonación que venía desde el centro del condominio. Y luego, cuando oyó el grito de Leonor en la cocina, ya lo había recordado todo.

Carne viva

Mi abuela estaba agonizando y quería conocerme. Su hija –y no sé si debo referirme a ella como tía Valeria– telefoneó a mi madre para pedírselo. Mi madre es una vieja dura y tiene un carácter de naturaleza áspera, incapaz del mínimo gesto o intento de disimulo ante la sola mención del hombre con quien me engendró, de manera que respondió a la petición de Valeria primero con indiferencia, y luego haciendo ver a su interlocutora que yo era un muchacho de dieciocho años, que ella no podía enviarme como si fuera un bulto, pero que me lo iba a decir, para que fuera yo quien en definitiva tomara la decisión.

Esto último haría pensar a cualquiera, y Valeria lo es, que para mi madre el respeto por mis decisiones y persona es una cuestión fundamental. Aquello es verdad, aunque solo a medias. Ya lo he dicho, se trata de una vieja dura, esto es alguien que ha edificado un muro alrededor... imagino que para no ser lastimada. Aunque, levantada ya la muralla protectora, ella decidió permanecer detrás para evitarse la molestia de convivir con los demás, incluido su hijo.

Por entonces yo acababa de terminar con Teresa. Para ser veraz, debo aclarar que fue ella quien me dejó, luego de dos años, por otro, uno que era compañero suyo en la Escuela de Ciencias Políticas, donde su condición de alumna aplicada la destinó cuando salimos del colegio. A la desesperación inicial siguió un período de duelo, el que yo vivía cuando se produjo la llamada de la hermana de mi padre. Aunque parezca una niñería, la pérdida de Teresa era semejante a una mutilación o una repentina discapacidad, una tragedia superior a mis capacidades, que me obligaba a mirar el mundo de nuevo. Alguien me dijo entonces, para mi conformidad, que aquel sentimiento era algo natural a mi edad.

De más está decir que mi madre nunca conoció la magnitud de aquella tragedia. Cuando me preguntó, cierta mañana, ¿y Teresa?, me limité a decirle que eso estaba terminado. Ella me echó una mirada que era como un vuelo de reconocimiento; yo oculté como pude mis heridas y nuestra vida siguió funcionando bajo las reglas de aquella suerte de convivencia pacífica a la que no debe confundirse con armonía, y entre cuyas demostraciones ella hacía cuentas de que nada grave estaba sucediendo, y yo lengüeteaba mis llagas sin muchos deseos de que estas llegaran a sanar.

La tarde que me enteré de la existencia de una abuela y una tía, había pasado un rato largo agazapado entre los árboles de la plaza que está frente a la casa de Teresa a la espera de que ella regresara de la Universidad. Para mi madre, yo me encontraba en el preuniversitario –instancia de estudio a que me confinó mi condición de alumno desaplicado una vez terminado el colegio–, al que no asistía desde que se produjo la ruptura, pero cuyas clases me proponía retomar apenas pudiera volver a mirar a Teresa, superado aquel sentimiento de pérdida tan avasallador que me producía verla acercarse desde el otro lado de la plaza, su larga cabellera rojiza a un costado de la cabeza, siempre un poco apurada, pero aquella tarde sola, sin su novio de la Escuela de Ciencias Políticas, responsables ambos de mi repentina orfandad.

Tonterías que hace uno cuando le falta experiencia, salí al camino haciéndome el que pasaba por ahí.

Teresa no es mala. No pertenece a aquella clase de mujeres que te arrojan de su vida como a una espina molesta y se avergüenzan de la criatura encantada que fueron en tus brazos. Le dolía, como a mí, aunque menos, nuestra separación. De haber podido, se habría quedado con los dos. Pero el novio era tan posesivo como yo, de manera que ninguno toleró una situación que terminó decidiéndose a favor de él.

–Teresa.

En ocasiones anteriores también me quedé callado luego de pronunciar su nombre. Ella se echó la trenza a la espalda y cerró el primer botón de su abrigo, como si quisiera hacerme notar varios aspectos evidentes: era tarde, hacía frío, para qué la esperaba si ya estaba todo dicho entre nosotros.

Pero me sonrió.

–¿Quieres pasar? –preguntó cuando llegamos frente a su casa.

–No, gracias.

–Ya.

Al despedirnos, luego de aquella conversación insólita, me ofreció su mejilla de pecas verdosas, me sonrió –nada había cambiado en aquella sonrisa que ya no era mía– y, luego de acariciarme la cabeza como haría con un hermano pequeño, entró en la casa y cerró la puerta sin volverse a mirarme.

19

Eso ocurrió por la tarde.

Me quedé dando vueltas por la calle antes de ir a casa. Cuando subí, luego de aquel vagabundeo, al tercer piso que ocupábamos mi madre y yo, escuché desde la puerta el sonido del televisor.

Mi madre se niega a consultar con un otorrino, aunque es evidente que está quedando sorda. Tiene casi sesenta años –fui un hijo más bien tardío– y toda una vida como telefonista ha martirizado su sentido del oído, al punto de que ya no es capaz de escuchar la televisión sino a un volumen intolerable para cualquier ser humano, excepto para mí, que estoy acostumbrado a esa y otras de sus rarezas. Está, por ejemplo, la suspicacia con que enfrenta mi regreso a casa a una hora desacostumbrada, de manera que si llego antes de lo habitual, como si lo hago un poco más tarde, debo estar preparado para un exhaustivo interrogatorio en el que es evidente su ánimo de sorprenderme no sé en qué.

De ahí las vueltas que me di antes de volver a casa, a pesar al frío y a la falta que me hacía la certidumbre perdida a raíz de lo de Teresa, aquella seguridad de los tiempos en que nos amábamos, mucho antes de la aparición del novio de Ciencias Políticas, aunque cuando ocurrió lo de él ya Teresa había dejado de ser mía si alguna vez lo fue. De lo contrario jamás él me la habría arrebatado como hizo, igual que en los boleros, como en un tango o una de esas películas que a ella tanto le gustaban, de las que salía, casi siempre, con los ojos enrojecidos.

Así que aquel lunes por la noche, al volver a casa, supuestamente del preuniversitario, mi madre se dirigió a mí desde la cocina.

–Boris. Tengo que hablar contigo.

A la sorpresa inicial –ella jamás se dirige a mí en tales términos, de hecho casi no pronuncia mi nombre–, siguió un largo silencio de mutua sospecha y expectación, en el que nuestras desconfianzas aguardaban un zarpazo que no llegó de ningún lado.

–Ven –dijo ella–. Es corto.

La seguí hasta la cocina y hablamos ahí, de pie, un asunto que era en realidad muy breve.

–Llamaron de parte de la madre de tu padre. Se está muriendo y quiere conocerte.

–¿Ahora? –pregunté.

Mi madre compartió mi perplejidad, aunque solo con un gesto que dejaba la estupidez humana fuera del territorio de sus responsabilidades. Luego explicó.

–Yo solo cumplo con darte su recado. Le dije a la hermana de tu padre que yo no decido, pues tú ya tienes dieciocho años y haces lo que te da la gana, pero que te iba a decir, que en todo caso te lo iba a decir.

Me quedé pensando en el comedor, sentado ante la cazuela de los lunes. Mi apetito se había esfumado y la presencia de mi madre, observándome primero desde la cocina y después desde su sillón en la sala, donde se sentaba a dormitar el programa de televisión de las diez de la noche, solo conseguía hacerme más raro el asunto.

De pronto ella habló.

–La hermana de tu padre dijo que te enviaría el pasaje en avión para que fueras, porque viven en Iquique. Yo pensé que como nunca has viajado en avión, tal vez... Pero, bueno, tú eres quien decide.

–¿Y qué tengo que hacer?

–Ir solamente. Visitarla. Para que te conozca.

–¿Y por qué ahora? –insistí.

–Qué sé yo –dijo ella en tono cortante, para abreviar–. Debe ser porque se va a morir. La gente se pone así cuando está por morir.

–¿Y tú qué sabes?

–Es verdad. Qué sé yo de la muerte.

La noche antes de partir realicé una nueva incursión al afecto de Teresa. Era, mi estúpida fantasía de entonces, la creencia de que ella era objeto de una confusión de la que yo debía sacarla más por su bien que como un intento de reconstruir mi precario paraíso.

–Me voy a Iquique –le dije saliendo nuevamente a su paso como un pervertido que insistía en mostrarle obstinadamente su amor.

Ella arrugó la frente en señal de extrañeza; una línea vertical se trazó en su entrecejo.

–A Iquique –insistí–. A conocer a la familia de mi padre.

–Creí que no tenías padre.

–No lo tengo.

Cómo habían cambiado las cosas. Días atrás, meses antes, no existían mi abuela ni su novio. Éramos nosotros dos y un lugar muy tibio, al que llamábamos mundo, y en el que reinábamos.

Le hablé de la llamada de aquella mujer, Valeria –técnicamente, mi tía– y de Iquique, una lejana ciudad emplazada en el desierto hasta la que debía trasladarme para conocer a mi abuela.

Teresa se mostró de acuerdo.

–Parece interesante.

Qué nuevas fórmulas de lenguaje había aprendido, de la mano del cientista político.

–No sé si interesante –puntualicé solo por molestarla–. Pero qué se le va a hacer –ignoraba qué quería demostrarle con estas últimas palabras.

Iquique.

Me bastó con avistar la geografía de aquel lugar desde la ventanilla del avión para desear el regreso. Uno ha oído hablar del desierto; ha visto películas, como *El paciente inglés*, *Indiana Jones*, sabe lo que es un desierto, pero el golpe de sentirlo en su extensión ante la mirada, luego de sobrevolar un mar profundamente azul, sobrecoge, intimida. El paisaje despoblaba de fantasías la imaginación. Igual que la presencia de un cuero puesto al sol; parecía asentado ahí, ante la muralla de montañas irregulares que representaban un horizonte amarillo.

Tal vez exagero. Mi visión puede ser causada por la historia de alguien que nació y vivió sus primeros años en Chillán, en una época de permanente diluvio, según me parece ahora el pasado.

Por supuesto, nadie me esperaba. Un hombre bajo, de rostro seco y oscuro, la textura de una piedra, me ofreció un curioso servicio de transporte en el asiento de atrás de un Chevrolet que era una reliquia. Viajaba junto a él una niña pequeña, a la que acababa de recoger en el aeropuerto.

–Debo entregarla con su abuela –me dijo, como si yo le hubiese demandado una explicación.

En el asiento de atrás un enorme paquete envuelto en cartón corrugado dejaba el espacio suficiente para el pasajero en que me convertiría por media hora.

–Son mil hasta el centro.

De manera que acepté e hice el viaje que después de todo resultó muy agradable, escuchando la música que la niña insistía en volver a oír en el tocacintas; la canción de un corderito a la que seguía la de una mosca y otra, de un gordo a reventar. Cuando llegamos al centro, a la plaza Prat, donde el hombre me dijo, mostrándome el bulto, "hasta aquí nomás lo dejo porque debo entregar la centrífuga y la niña", ya me sabía las tres canciones. Sus letras anduvieron canturreando en mi voz durante mi permanencia en Iquique.

Era mediodía. Verifiqué la dirección y pedí al propio chofer las indicaciones para llegar, quien me señaló, apagando un bostezo, una calle que terminaba cerca del puerto.

Me eché a andar por una avenida de palmeras –únicos árboles en aquella ciudad– y llegué hasta el costado de un cerro amarillo frente al cual, en una casa antigua con balcones, vivía mi abuela.

Después de llamar dos veces, una mujer abrió la puerta.

–Tú debes ser Boris.

–Así es. ¿Y usted?

–Valeria. Hermana de tu padre.

–Ya.

–Eres igual a él –dijo después, un comentario con el que yo contaba.

Me invitó a pasar y dejar mis cosas (mi pequeño bolso de viaje con ropa para dos días) en la sala.

La casa era de aquellas donde viven mujeres solas. Brillantes maderos por suelo, muebles con paños tejidos, incontables adornos, chucherías de porcelana barata sobre los paños. Retratos de muertos; entre ellos, tal vez, el de mi padre. Una luz entraba a través de una ventana como el filo de una espada que cortaba el aire de la habitación y lo dividía en dos.

–Querrás lavarte –dijo Valeria.

En realidad no quería. ¿Lavarme por qué? ¿Acaso era yo un ser sucio? Durante el viaje, que demoró tres horas, fui en un par de oportunidades al baño. Y, por supuesto, antes de salir de casa tuve el cuidado de tomar una ducha. Como también de vestir la ropa que dejó sobre la cama mi madre, con la recomendación consignada en un papel de cuaderno de que llevara esa y no otra porque iba a visitar a mi abuela que se estaba muriendo.

–No es necesario –le dije, y me quedé mirándola a la espera de una explicación.

La mujer, tía Valeria, comprendió.

–Te preguntarás –dijo–. ¿Por qué?

Así es, le respondió mi mirada.

–¿Qué te ha dicho tu madre?

–Poco –le expliqué. Me había quedado pegado a una tabla del suelo.

No era mentira. Mi madre ni siquiera me previno respecto del tema antes de salir. Le preocupaba la ropa con que me iba a presentar y si tenía el pasaje a mano, pero no lo que iba a decir. Después de todo, imagino que tal era su idea, que compartíamos: no era yo el llamado a dar explicaciones.

–Pero qué.

–Su nombre. Y, ahora, que tenía una madre y una hermana. Ustedes.

—¿Solo eso?

—Solo eso.

Tampoco yo le había hecho preguntas. Creo que esta actitud de mi parte es uno de mis más grandes y quizá único gesto de delicadeza hacia ella. Otro, en mi lugar, se habría pasado la mitad de la vida insistiéndole en por qué y cómo y todo ello para arribar a una inexacta relación de circunstancias que no alterarían el peso de la realidad. La única vez que le pregunté (debo haber tenido diez años o menos) me dijo, en pocas palabras y sacándome para siempre de cualquier estado semejante al error o la ilusión:

—La verdad, Boris, es que tu padre se murió. Pero es bueno que sepas que en el caso de él y el tuyo, da lo mismo. Con esto te quiero decir que tu padre nunca quiso saber de ti, que se negó a conocerte. De manera que su muerte no tiene importancia.

Ignoro si mantuvo, durante aquellos años, alguna relación con Valeria o su madre. Lo dudo. Ignoro cómo llegó Valeria a ella para enviar por mí.

Ignoro, también, por qué Teresa y yo ya no estábamos juntos, por qué se había decidido por el estudiante de ciencias políticas. Lo desconozco porque Teresa nunca supo darme la explicación a que yo creía tener derecho, limitándose a encoger los hombros con un gesto de piedad que le borroneaba la cara de sombras.

El caso es que mi abuela se moría, Teresa quería a otro y yo había ido a parar a Iquique, una ciudad que no tenía interés en conocer.

Aunque sorprendida, la mujer pareció agradecer la sinceridad de mi revelación.

—Quiero que veas a mi madre. Después te daré almuerzo.

–Está bien –concedí.

Cruzamos un pasillo de esos que llaman galerías, con ventanas a un lado, a través de las cuales se veía el paisaje desolador de un cerro pelado. Había muchas plantas en el piso, sobre platos aposentados a su vez en paños de rafia. Había, también exuberantes macetas colgando de tejidos de macramé. Y vuelos en las ventanas, impecables adornos que trazaban sombras en el suelo, no obstante la primacía de una luz que no perdonaba.

Detrás de una puerta, en una habitación ciega, iluminada por la claridad que penetraba a través de los postigos de la puerta, estaba ella, mi abuela.

Pero antes quiero hablar de su cuarto. La cama, por supuesto, en el centro de la pieza; un gran catre de hierro forjado con perillas de loza; dos altos veladores con cubiertas de mármol sobre las que se agrupaban ordenadamente los frascos de las medicinas. Encima de una enorme cómoda de madera, adornada con paños tejidos, guardaban por la salud de aquella anciana varios santos del calendario: San Sebastián, cruzado de espadas; San Martín de Porres, Santa Rosa de Lima, San Ignacio de Loyola, Santa Gema de Galigari. Sé de santos; a los doce años leí un par de veces la historia de varios de ellos en una versión beatífica y abreviada para niños. En medio de aquella santería, acompañada de una bandera, estaba Teresita de los Andes, nuestra santa criolla, ubicada gracias a un gesto de piadoso patriotismo, en aquel lugar de privilegio.

El olor. La habitación parecía envuelta en un vapor de inyección que se sostenía a sí mismo. No tengo otra imagen para describir el pesado latigazo que golpeó mis sentidos cuando entramos.

Y mi abuela... Mi abuelita en la cama; desvalida, vieja como la abuela de Caperucita. Qué grandes debieron ser sus ojos alguna vez, sus ojos dormidos. Tenía las manos cruzadas sobre el pecho, por encima de la sábana. La actitud de una enferma obediente que sabe quedarse donde la ponen. Y sus manos estaban arrugadas como los restos de un viejo mapamundi, y salpicada la piel de manchas oscuras, vasos o insectos reventados de un golpe.

Mi abuelita...

No dormía. Abrió los ojos y me clavó una mirada de esas que provocan en uno sentimientos perennes, asociados al miedo, el horror, quizá la piedad. Hay muchos posibles calificativos. De pronto, con dificultad, movió los labios, como si quisiera murmurar algo, pronunciar un nombre.

−Es él −dijo Valeria, y golpeó con su mano grande los dedos entrelazados de la vieja.

Después me indicó que me aproximara.

Lo hice sin miedo. A los dieciocho años he visto veintidós muertos −jamás paso junto a un ataúd sin mirar en su interior−, de manera que no iba a titubear ante una vieja que todavía era de este mundo.

Arrugó el ceño y me observó con atención. Me pareció que dudaba, que atendía con particular atención a mis sienes, a la línea de mi frente.

En aquel momento pensaba en Teresa. Su recuerdo atenuaba el efecto de aquella escena en que la vieja me convertía en objeto de la más viva atención. Sus labios entreabiertos hacían un moderado esfuerzo por decir algo. Era una mujer resignada, que se entregaba con tranquilidad a su destino. Si yo fuera un tipo creyente, debería pensar que la presencia de aquellos santos le otorgaba una suerte de auxilio. Pero no lo soy. No soy creyente. Si en algo tenía fe, antes, era en que Teresa sería siempre mi mujer, que junto a ella tendría todo aquello de que la vida me había privado, ¿un padre, tal vez? No lo sé. Los ojos de ella parpadeaban; la piel de su rostro ya enseñaba, claramente, las orillas de la calavera, anunciaba su desnudez.

–¿Pedro?

Miré a Valeria, pero ésta no respondió a mi apelación, atendiendo a su madre con un temblor evidente. Luego se volvió hacia mí y agitó desesperadamente su cabeza, asintiendo.

No soy un tipo demasiado listo, pero comprendí. Así que, y como para eso estaba yo ahí, extendí mi mano, cogí la de la vieja y la apreté entre la mía.

–Pedro –insistió ella, sosteniendo mis dedos entre su garra. Su fuerza, lo mismo que su voz al pronunciar aquel nombre, desmentía la fragilidad de su apariencia.

Tuve el impulso de decir algo, poner las cosas en su lugar. No soy Pedro, para empezar. Pero mi voz se apagó fulminada por una repentina vulnerabilidad, la misma que me atacaba cuando, escondido entre los matorrales de la plaza, esperaba el regreso de Teresa y la llamaba.

–Teresa –le decía, enmudeciendo a continuación, de pie como un pánfilo.

Qué larga puede ser la mirada de un moribundo. Qué persistente. No hay olvido para un gesto como ese, la expresión de curioso apremio con que aquella mujer repasaba mis facciones, buscando en ellas la presencia de alguien que no era y cuyo lugar, de improviso, yo ocupaba, vaya uno a saber por qué, si mi lugar verdadero, aquel al que habría querido salir corriendo cuando algunas horas después cerraron aquellos ojos, era el rincón del cuello de Teresa, el calor del vello que crecía bajo sus orejas.

—Eres Pedro —insistía, con mis manos atrapadas entre las suyas.

Tía Valeria me tomó de un brazo y tironeó de mí fuera de la habitación.

Así que esas teníamos.

—Es cosa de horas —dijo restando importancia al acontecimiento.

Nos dirigimos entonces al comedor. Ella me precedía con una marcialidad de diecinueve de septiembre que no había visto ni siquiera en alguien como mi madre. En el comedor nos aguardaba la mesa preparada para un comensal, el que escribe; un puesto arreglado con individuales y servilletas de género y papel. Valeria me indicó un asiento y salió rumbo a la cocina. Regresó con un plato humeante que contenía pancutras y charqui. Comí despacio con ella enfrente de mí, de pie, apoyadas sus manos en el respaldo de una silla. Parecía vigilarme. Cuando regresó con el postre, una crema de leche dulce, y luego con una taza de café, volvió a su puesto de observación.

Ya estaba terminando el café cuando dijo.

—Te preguntarás por qué.

No afirmé ni negué. Estaba agobiado de preguntas, pero no quería respuestas ni intenté demostrar un interés que estaba lejos de sentir.

—Porqué tu padre te dejó.

Yo bebía mi café y la observaba.

30

–Porqué abandonó a tu madre cuando naciste. Porqué te llamé.

Creo que iba a dar una explicación. Y que ésta no habría sido sino una argumentación inútil, la defensa de un abogado chambón.

–¿Me permite? –pregunté poniéndome de pie. Qué modales los míos.

–¿Perdón?

–Quiero descansar. Necesito recostarme.

Pareció confundida. Un hecho inesperado interrumpía el desarrollo de aquel guión. Pero se recompuso.

–Por supuesto –dijo, y agregó, qué modales los suyos–. Esta es tu casa.

Desde luego, no lo era. Pero asumiendo mi papel en aquella comedia, procedí con un aplomo que creía extinto desde el incidente con Teresa. Cogí mi chaqueta, me dirigí a la puerta que me señalaba y entré en una nueva habitación, con una cama, un velador, una réplica de la pieza donde mi abuela se despedía de este mundo.

Con frecuencia le escribo cartas a Teresa. Aquella tarde comencé una en la que formulaba una y mil preguntas, todas sin respuesta, dirigidas a ella, pero, más bien, abiertas a cualquiera que se encontrara en condiciones de explicar el sentido de la vida. La escribí, igual que las anteriores, mentalmente, imaginando su cara a medida que la leía; su rostro de pregunta, la eterna interrogante bailándole en las pupilas: ¿habré hecho bien en dejar a Boris?

Estaba recostado en aquella cama cubierta con una colcha tejida, que mi madre habría examinado palpándola entre dos dedos, el ceño severo derivando hacia las torsiones del hilo. A través de la ventana, la tarde comenzaba a extinguirse, lo mismo que la vida de mi abuela, que mi pasado, el Boris que fui, la Teresa que tuve, los incontables Boris que no fui. Como un meteoro, el pasado se dejaba caer al otro lado de aquella habitación en la que yo gravitaba, igual que el último tiempo, pensando en Teresa, solo que ahora ella y mi abuela ocupaban un escenario común, disputándose la calidad de primera actriz o secundaria en esta obra.

Cerré los ojos para hacerlas desaparecer a ambas, pero siguieron ahí durante mucho tiempo. Años después, aún se disputaban el escenario. Luego vinieron otros actores. Ocurre tarde o temprano. Solo es cuestión de esperar.

Asunto de tres

Buena parte de esta historia son escenas referidas por la propia Mercedes en la época de nuestro segundo encuentro. No diré que la conocí en aquel consultorio de Talagante, porque entonces solo vi lo que ella quiso mostrarme y porque, para ser fiel a la verdad, es necesario precisar que esa fue más bien la ocasión de pasar por encima del prejuicio que teníamos aquellos que fuimos, alguna vez, testigos de su pasión.

La otra historia, las otras, son espacios oscuros sobre los que mi imaginación recorta sombras de luz. La semana pasada un relámpago destelló sobre aquellos sucesos que hechos posteriores han vuelto a dejar informes, restos de una memoria que no me pertenece.

Yo había terminado la Universidad el año anterior y realizaba la práctica para obtener mi título de abogada. Mercedes estaba finalizando la suya y me acogió, durante el mes que convivimos, con tanta calidez y buena voluntad, que los restos de mi vergüenza anterior reunieron sus cenizas para encender un aspecto despreciable de mi pasado.

Desde que salió de la escuela, un año antes que yo, el aspecto de Mercedes cambió de tal manera que no fue fácil reconocerla al principio. Había que hacer abstracción de su nuevo refinamiento en el vestir, desde que era mujer casada, y que daba al anterior aire de muchacha exuberante –en que Gregorio la convirtió– el de alguien un poco mayor. Su voz más bien grave a causa del cigarrillo que andaba siempre entre su boca y sus dedos tamborileantes fueron ocasión de equívoco, lo mismo que el perfume que se debatía en aquel límite entre la vulgaridad y lo exótico, tan común en ciertas mujeres. Pero cuando me sonrió, al recibirme, se hicieron cerca de las comisuras de su boca aquellos pliegues que me permitieron reconocerla como Mercedes, la mítica Mercedes.

Las condiciones de pobreza del consultorio nos obligaron a compartir un espacio físico al que llamamos oficina porque había que darle alguna denominación. A las dos nos gustaba el trabajo. Nuestra aplicación a él fue un rasgo en común desde el principio. Más de alguien nos llamaba, por aquella razón, con un dejo de desdeñosa ironía, las entusiastas del servicio.

Todas las mañanas atendíamos una cantidad importante de gente, señoras y viejecitos que llegaban hasta nosotros sumidos en un mar de confusiones, casi todos con una bolsa plástica que contenía sus documentos y la esperanza de que nuestras gestiones les permitieran obtener una herencia, cambiarse un nombre que los hacía mofa de los otros o echar al subarrendatario de la pieza de atrás. Tal era nuestro universo de casos. De nueve a diez recibíamos público, y después nos quedaba tiempo suficiente para ir a tribunales. Como los juzgados no eran más que dos, nos acostumbramos a acompañarnos y a derivar, terminada la tramitación de aquellas causas, a una fuente de soda que parecía el sitio menos provinciano del lugar, donde se nos ofrecía un café instantáneo y la camarera nunca se cansaba de preguntar si ordenaríamos algo para comer.

Los primeros diálogos nos situaron en la época de nuestro ingreso a la Universidad. Debo aclarar que yo terminé un año después a causa de una hepatitis complicada que me obligó a congelar el segundo, de manera que nunca coincidimos en una clase, y ese fue un argumento para sostener que no la conocía.

Antes de entrar en su confidencia, un relato durante el cual pronunció un par de veces las palabras: "no sé por qué te cuento estas cosas", hizo un rodeo, un verdadero firulete de pequeñas anécdotas que partió con la reseña de sus años con las ursulinas, donde fue la alumna más aventajada, incluida entre las otras, aquellas que se fueron a la Escuela de Medicina. Yo estaba al tanto de aquel dato; parte importante de la comidilla fue la circunstancia de que el personaje había estudiado con las ursulinas, como si las muchachas de las monjas fueran diferentes de las otras, las que veníamos de un liceo fiscal o de un colegio binacional.

La mañana que me habló de las ursulinas, una lluvia torrencial alargó nuestro café en el interior de la fuente de soda a la espera de que escampara. Después Mercedes ofreció traerme de regreso a Santiago, en el automóvil que le había comprado su marido.

Mencionó, mientras afuera llovía, a dos hermanas mucho mayores que ella. Y a un primo. Conforme al prejuicio que yo abrigaba respecto de Mercedes, imaginé algún entrevero con aquel primo de nombre Renán, pero Mercedes puso las cosas en orden, precisando que ella estuvo enamorada de él con más candor que pasión, con ignorancia y buena voluntad como toda mujer respecto de algún hombre de su infancia.

Para mí fue fácil encajar en la descripción que ella hizo de sí misma al salir del colegio y llegar a la Universidad, la de la Mercedes anterior a la metamorfosis. La memoria es algo que no me falla, y aunque todo esto ocurrió hace más de veinte años, puedo recordar como si fuera ayer la faldita escocesa que se cerraba sobre sus rodillas con un alfiler de gancho, los grandes aros de perla cultivada y la ausencia total de maquillaje en los ojos y la boca. Se partía su largo y liso cabello castaño al medio, como un libro, y sus pobladas cejas jamás habían conocido la crueldad de una pinza. Mi abuela habría usado el calificativo de modosita. La narradora preferiría un concepto más usado en aquella época: gansa, pava, tal vez.

Mercedes fue menos brillante en su primer año de Universidad que en las ursulinas. Los analistas del caso aseguraron entonces que aquello obedecía a la cercanía de los hombres, con quienes la atemorizaba competir, o a la presencia de los mismos como un elemento distractor de las materias de Derecho Romano e Introducción a la Ciencia Jurídica, que fueron sus ramos más débiles. Pero anduvo bien. Buenas notas. Mejores que las de cualquiera.

En segundo año las cosas habrían ido más o menos igual de no aparecer Gregorio...

Jamás hubo entre nosotras una relación que desbordara el tiempo de la práctica. Las veces que me trajo a Santiago en su automóvil, me dejó cerca del centro, donde yo tomaba movilización para mi casa. Ni siquiera nos dimos nuestros números de teléfono. Nos caíamos bien, sin embargo. Simpatizamos. Supongo que de no haber debido compartir aquella oficina en Talagante, no nos habríamos escogido de amigas. Como se desarrollaron las cosas después, fue mejor así.

Era Gregorio el resquicio por el que su memoria se extraviaba una y otra vez, aunque por fidelidad a sus relatos debo enfatizar que no había nostalgia ni dolor al evocarlo, sino algo parecido a una felicidad de la cual había reservado suficientes restos como para no añorar.

Es necesario citar, respecto de Gregorio, la opinión de muchos. Que era desabrido, tonto. Un marciano. En síntesis, ingustable. Al pronunciar esto último, el opinante de turno se encargaba de separar las sílabas para enfatizar su desdén. El lector puede imaginar el rescoldo vivo de la envidia en aquellas palabras. Porque, la verdad, hasta el momento en que Gregorio entró en la vida de Mercedes, todos ignoramos su existencia, y así como ella rompió la crisálida al conocerlo, el ser oscuro que era Gregorio entonces se bañó de magnífica luz gracias a aquel encuentro. Sé de lo que hablo.

Dijo Mercedes, encendiendo un cigarro, que llegó un día cualquiera a sentarse a su lado cuando ya había comenzado la clase de Civil. Dijo que esa fue la primera vez que lo vio, que él le ofreció un perfil verdaderamente clásico y se volvió luego para convidarle un cigarrillo que ella aceptó, aunque entonces no fumaba, batiéndole en los ojos una sonrisa de bandada de pájaros. Es Mercedes quien ha usado tal imagen para referir la historia; más aun, lo hizo cada vez que volvió sobre el relato del encuentro, confirmándome así que el tropo de los pájaros era leal a la emoción de aquel momento y no el simple recurso del realismo mágico. Aquella primera clase, y mientras don Jacobo hablaba del elemento voluntad en el acto jurídico, Mercedes se la pasó cabeza abajo tratando de ocultar la turbación que la presencia de Gregorio le provocaba.

Ahora me parece curioso que jamás habláramos de mí, que Mercedes nunca preguntara, como habría hecho yo en su lugar: "¿Tienes novio?", que no quisiera saber lo que yo hacía durante el tiempo que no compartíamos en Talagante. Pero fue así. Acabado nuestro trabajo en los tribunales, entrábamos en la fuente de soda, pedíamos dos tazas de café y antes de que la camarera regresara, Mercedes ya había cogido la hebra del relato anterior y continuaba la historia, como un escritor aplicado, en el punto exacto donde la dejamos la mañana anterior.

De manera que así llegamos a la segunda clase de Civil, donde don Jacobo exponía los vicios que podían afectar la voluntad, entre ellos el error. Don Jacobo era una verdadera autoridad en su ramo, a pesar de lo cual Mercedes no logró continuar atendiendo a sus explicaciones luego de escuchar el sonido de los pasos que subían por la escalera y entraban en la sala en el momento en que los dedos de don Jacobo volvían la fina página de su código. Para ella no fue raro que Gregorio buscara el asiento junto al suyo, que se acomodara otra vez a su lado y le enseñara su perfil y luego una sonrisa. Terminada la clase se pusieron los dos de pie y Gregorio abandonó la sala detrás de ella.

Dijo Mercedes que fueron a tomar un café y luego de la última clase de la mañana caminaron juntos hasta el paradero. Y que contrariando lo que ella definía como su timidez enfermiza, al despedirse fue su mano la que se extendió hacia el cuello de él y acarició, entre el índice y el pulgar, la preciosa nuez de su garganta.

Las escenas que siguen corresponden a lo que vimos todos quienes teníamos ojos y más curiosidad que entusiasmo por el estudio. Mercedes y Gregorio en el patio de la Universidad trenzados en un abrazo que provocaba risas y cierto sonrojo para los demás. A menudo desaparecían tras el muro del casino y regresaban una hora después, pálidos y desgreñados. Y muchas veces era la silueteada forma de aquel cuerpo común lo que la sombra en la pared nos enseñaba de ellos conforme el sol se retiraba. El cambio en Mercedes fue más ostensible que en él, tal vez porque para todos nosotros era una ursulina más. La faldita escocesa dejó lugar a un par de jeans y entre el cabello recortado comenzaron a aparecer largos y llamativos aros que dejaban ver su cuello blanco bajo un suéter desbocado.

Yo de Gregorio tengo la primera memoria en aquella época como la de alguien que pertenecía a Mercedes. Su cuerpo flaco, inclinado sobre el de Mercedes en un banco del patio, sus largos brazos extendidos y entrelazados los dedos a los de ella en un cuerpo a cuerpo delirante y explícito, en el que su rodilla avanzaba y retrocedía en busca del vértice de Mercedes, todo esto ante la presencia de quienes habíamos aguardado el cambio de hora para salir a mirar o definitivamente renunciábamos a una clase de Financiero o Penal para quedarnos espiándolos tras el pretexto de algunas materias pendientes o el interés por una conversación. Recuerdo su modo de andar, su caminata de largos pasos y la mirada siempre perdida que daban a su aspecto el aire de quien viene bajando de una nave en un mundo que desconoce.

No interesa, para efectos de este relato, de quién fue la idea. Es igualmente innecesario referir que aquello me avergüenza todavía, y que si he podido sobreponerme ha sido porque dos de los otros protagonistas se fueron de la ciudad y el tercero murió para desgracia suya y para bien de mi historia posterior. Por alguna de esas razones que son simple azar, fui la única mujer en aquella escaramuza. Cierto lunes, sentados en el casino de la Facultad frente a nuestras tazas de café vacías, alguien mencionó que los había visto quedarse luego de la clase de Constitucional. Otro –no fui yo– sugirió entonces que fuéramos a ver. La sala donde daban Constitucional quedaba en el segundo piso. Subimos los cuatro por la escalera principal de piedra, iluminada a esa hora por los faroles de la avenida Santa María. La sala estaba en uno de los extremos del largo pasillo, y tenía una sola puerta de acceso. Nos recuerdo aproximándonos en silencio, las risas apenas reprimidas bajo las manos que amordazaban nuestra estupidez, las cuatro cabezas apoyándose sobre la madera de la puerta casi sin respirar.

Mi experiencia como testigo concuerda con la forma en que Mercedes ha referido los hechos. Un viernes, luego de nuestro habitual paseo por tribunales, entramos en la fuente de soda y pedimos las dos tazas de café. Mercedes encendió un cigarrillo, echó el humo por la nariz y me apuntó con la mano que sostenía el cigarro. Comenzó entonces el relato pormenorizado de alguna de aquellas noches, luego de la clase de Constitucional, que pudo ser la misma en que nosotros apoyamos las cabezas sobre la madera de la puerta. Asegura Mercedes que la exaltaba la posibilidad de que hubiera alguien, del otro lado, escuchando el sonido que amplificaba la forma de la sala, un lugar lleno de ecos en el que su respiración se repetía entre el ruido de un zapato al caer sobre la madera del suelo y el de los cuerpos al abandonar la silla para buscar acomodo en uno de los escaños y apoyar así ella los codos en el peldaño contra el que su espalda se sostenía. En tanto aumentaba el afán de sus respiraciones, mis propios latidos comenzaron a coger el tranco de ellos.

Iluminados los dos por la gran luz de la sala cerrada, ocultos en el silencio de la facultad vacía, fueron desatando la mordaza de quienes aguardábamos el grito que señalaba su condición de seres vivos ahogado por el sollozo de verse libres al fin de su atadura.

Cerró los ojos, luego de concluir. Dio otra pitada a su cigarrillo e insistió: "No sé por qué te cuento estas cosas".

Fue audacia de mi parte preguntarle si de verdad había alguien escuchándolos. Fue, también, un desafío para mis capacidades actorales, porque se lo dije mirándola a los ojos, sin rubor ni turbación, como le había formulado tantas preguntas antes y le seguiría haciendo después conforme se aproximaba el término de su práctica. Mercedes aseguró que se trataba de una simple sospecha, pero que fue precisamente la posibilidad de que hubiera alguien al otro lado de la puerta, trancada con la chaqueta de Gregorio y la silla del profesor, lo que le permitió reconocer en sí misma cierta disposición hacia el goce exhibicionista, y que fue aquella la única vez en su vida en que logró desatar el nudo. "Porque en todos nosotros hay un nudo, ¿sabías?", agregó.

Nos quedamos un rato en silencio. Una cierta sonrisa me fue distendiendo los músculos de la cara en tanto digería el relato de Mercedes. "¿Por qué sonríes?", preguntó ella. Su mano se extendió mecánicamente para pedir la cuenta de los cafés, y yo me puse entonces de pie para no volver con ella a Santiago, pretextando cierto escrito urgente, una cita misteriosa, nada que lograra sacarla de la abstracción en que su recuerdo la fue envolviendo, al punto de no percatarse de que yo entonces me iba, que me retiraba de su ejercicio de memoria para siempre.

Aquello sucedió hace casi diez años. Digo casi, porque no llevo un registro preciso del tiempo. De más está referir que existe un final para esta historia. Hablemos mejor de una continuación. ¿Puede alguien imaginar el futuro?

Ocurrió hace una semana; hablo del destello aquel, del relámpago al que han sucedido oscuros silencios sobre mi vida. Coincidimos en el supermercado. No tuve la intención de evitar aquel encuentro, que parecía más bien propiciado por un deseo latente en mi interior. Tampoco habría podido hacerlo. Apareció de pronto empujando un carrito. Venía sola. ¿Más vieja? Quizá. ¿Ensombrecida? ¿Gastada por la vida? Qué importa. Al principio no me vio. Qué me iba a ver. Luego del hola balbuceante de los dos, sus miradas se sorprendieron de verme junto a ellos. No sé qué sentimiento condujo la mano de Gregorio hacia mi espalda; quiero llamar amor al gesto con que me aproximó a su cuerpo al momento de la presentación, aunque la turbación de su voz desdecía aquel posible sentimiento.

Dudó un instante.

–Mi mujer –dijo. Y luego, como si yo debiera saber de quién se trataba–. Ella es Mercedes.

Gineceo

Desde la entrada, junto a la puerta de la cocina a la que se asoma, tímida, algo inquieta, todavía con los nervios que se resisten a darle la paz necesaria para disfrutar la velada, puede ver a los cuatro sentados alrededor de la mesa, igual que aquellos antiguos camaradas que ejercen una rutina de años de memoria de las mismas cosas. Ahí están sus cuatro hombres, ofreciéndose unos a otros la botella de vino. Se agradecen, correctos y mesurados; piden al otro que les acerque el salero mientras una de aquellas voces desliza un comentario breve sobre la jugada de Zamorano, cuando éste liberó el arco de la selección de un gol que estaba entrando, que iba derecho al blanco del ánimo de los jugadores y a la esperanza de toda aquella gente conglomerada en el Nacional. Vaya si conoce ella esa jugada. Como que tres de ellos, instalados en su cama, la vieron, la segunda vez, llevándose uno las manos a la cabeza, levantándose el otro de la cama y apretando el tercero su cojín entre las manos, su cojín con funda de hilo blanca, tejido a crochet, punto medio y punto entero, orlas en las orillas. Cómo dejó ese chico el cojín de tanto apretarlo y llevárselo a la cara para no ver y mirar después, asomado desde atrás de aquella obra de tejido que le tomó dos semanas.

Ahí están por fin, aunque parecía tan difícil aquella reunión...

Alguno, no llega a saber cuál, ha derramado unas gotas de su vino sobre el mantel y los otros resuelven presurosos el incidente, levantando la tela para aplicar un pedazo de servilleta de papel absorbente sobre la madera.

Ahí están, fumando todos ellos pese a las prevenciones que les ha formulado individual y conjuntamente, perfectas y sordas locomotoras humanas en que se han convertido, llenando el ambiente de una espesa humareda.

Finalmente, y según Reynaldo anticipó días atrás que ocurriría, sus hijos terminaron bajando la guardia, tan en alto al principio, cuando les anunció que iban a tener un invitado. Reynaldo vendría a cenar la noche del viernes. Sí, desde hacía algún tiempo ella estaba saliendo con un desconocido. Justamente, cuando comenzó a asistir al club, poco después del regreso del último de los tres.

No hubo, en el instante de aquella confesión de su parte, sorpresa en el rostro de sus hijos. Solo una mirada discreta, intercambiada entre los tres, que parecía significar un entendimiento anterior, como si hubieran esperado por aquella declaración, corroborando entonces, simplemente, más que una sospecha, la certidumbre.

–Bien –dijo Nicolás golpeándose los muslos con las palmas de las manos–. Lo recibiremos.

Y fue gracias a aquellas palabras de su hijo mayor que los otros dos guardaron sus lanzas y se quitaron la pintura de guerra de los rostros.

Sus hijos...

En el sentido que se da comúnmente al término, ninguno de los tres fue un Edipo, esto es un apollerado. Desde pequeños se rigieron a ultranza por las normas de lo masculino. Había dos años de diferencia entre cada uno: Nicolás, Pedro y Andrés, quien jamás les permitió llamarlo Andresito. Hubo proximidad en sus nacimientos, de manera que según los calendarios astrológicos todos estaban regidos por Marte, lo mismo que su progenitor. Los cumpleaños se celebraron en conjunto desde el primero de Pedro.

Era difícil, para cualquiera, reconocer peculiares inclinaciones en cada uno de ellos. Es verdad que Nicolás era muy tímido y Andrés el más extrovertido de todos. Pero tales rasgos no eran sino una marca, el sello que hacía de cada uno de ellos una individualidad.

Tampoco llegó Margarita a distinguir a alguno mediante una forma de consentimiento. Los tres fueron semejantes en su infancia: buenos para jugar a la pelota, duros de cabeza a la hora de entender las matemáticas, maravillosamente musicales. Cuando Andrés cumplió ocho años, se encontraban ya en condiciones de formar una banda.

Ahora rodean con toda su atención a Reynaldo. Y ya puede ella imaginar los comentarios de éste cuando estén solos, respecto de ellos. La admiración ante una cortesía infrecuente en los jóvenes de hoy; la veneración para referirse a ella, incluso para advertirlo, de una manera en la cual no están ausentes la amenaza ni la cordialidad, que son los responsables de ella desde el día en que murió su padre.

Los cuatro, riendo, alzan las copas del otro lado de la fumarola que asciende desde un cenicero común en cuyo interior se balancean los cigarrillos, cerca de los restos de pavo y ensalada de apio.

Margarita siempre supo que no sería fácil la crianza de aquellos tres varones tan aferrados a los códigos de la masculinidad, de los que su padre los fue empapando antes que del silabario. Sin embargo, decir que veinte años de su vida transcurrieron entre recoger las ropas que ellos dejaban tiradas y presentarse en las oficinas de los directores de los colegios que los suspendieron sería contar solo una parte de su vida de madre, la única que recordaba, la rutina o el hábito que le mostraba quién era ella, su lugar en el mundo de seres extraños que la rodeaba. Porque hubo miles de compensaciones en el hecho de ser la única mujer de la casa; muchas cartas con versos para sus días y flores de papel, tantas cajas con bombones acumuladas después de aquellos años. Infinidad de recuerdos, se dice en un suspiro, alrededor de la mesa donde ahora Reynaldo habla engolando la voz ante las miradas atentas de ellos y a cuya cabecera –ocupada por Nicolás– se sentó alguna vez el padre de ellos, aquel que, en sus propias palabras, luchó a brazo partido junto a ella para hacer de los tres hombres de provecho, palabras luego de las cuales solía golpear la mesa con suavidad porque no era hombre de violencias.

Sus hijos...

Margarita entra de nuevo en la cocina llevando los platos sucios de restos. Se entretiene en mirar uno, el de Nicolás, con las sobras amontonadas bajo el rollo de la servilleta y del tenedor. Tan pulcro Nicolás a la hora de la comida, a diferencia del plato de Reynaldo, un completo desorden de tiras de apio, manchas de palta y algunos trozos de pavo que, si se les mira bien, parecen haber sido masticados.

¿Carne masticada sobre el plato?

Aceptó con felicidad su papel; la atención del hombre que fue su marido cada tarde cuando regresaba del trabajo. Y la otra misión: ocultar a ese hombre las evidencias de la mala conducta de sus hijos; los cigarrillos en los bolsones, los dibujos procaces en el libro de física y aquellas groseras falsificaciones de su firma en la libreta de comunicaciones. No recordaba, de aquellos años, un instante de duda, una vacilación al momento de levantarse por la mañana e iniciar el paseo a la pieza de ellos, donde debía comenzar destapándolos para regresar minutos después a remecerlos por los hombros y terminar, cuando ya casi siempre era muy tarde, hablándoles con cierto rigor para que se fueran a la ducha.

Crecieron fuertes, sanos, tremendamente masculinos. Margarita llegó a los cincuenta años agotada pero feliz. Había puesto en el mundo tres hermosos ejemplares. Las mujeres lucharían por conseguirlos.

A sus hijos...

Es, otra vez, la voz de Reynaldo la que viene de la sala. Sí. Habla del Banco. De sus años en el Banco y del tiempo feliz en que fue agente en algún lugar del norte. Al otro lado de la calzada estaba el club. Y él almorzaba todos los días en ese club, con una carta extendida ante él. Esa era vida.

No había cumplido Nicolás los veintidós cuando le anunció que iba a casarse porque su novia estaba embarazada. Pedro se casó pasados los veintitrés con una mujer liberada que no soportaba a los hombres abusadores –como su suegro– y ante la cual el muchacho era como un dócil alumno en las artes del aseo y ornato domésticos.

Después murió su marido. Y si lo recuerda ahora no es a causa de la presencia de Reynaldo en la sala, sentado a la mesa donde ella y su familia se reunieron tantas veces antes, sino porque aquella cena empuja la ola de cierta nostalgia con la que ha aprendido a vivir. Y así, cada vez que prepara como ahora una lavaza para limpiar los restos de comida de los platos, le parece que al sumergir las manos en el jabón, éstas buscan algo.

Sí. Después murió su marido. Y fue entonces cuando Andrés prometió cuidar de ella hasta el fin. Recuerda haber sonreído ante aquella declaración en los momentos en que ella y los chicos enfrentaban a la gente de la funeraria.

Sin embargo..., dos años después, Andrés continuaba en la casa paterna sin dar muestras de querer abandonarla.

Hay una silla en la cocina. Su silla. Se recuerda sentada en el patio de aquella casa grande, donde ellos crecieron, desgranando habas, enfrascada en el zurcido de un pantalón, examinando los ejercicios de matemáticas de alguno de aquellos cuadernos pequeños de hojas verdes en los que la persistencia de una goma había atravesado el papel. Margarita se sienta a descansar. Está fatigada, agotada del ajetreo que precedió a la cena y de los nervios, ¡ah, los nervios de imaginar aquel encuentro!, la llegada de Reynaldo bien empaquetado en su traje de rayas con una botella de vino en una mano, y en la otra, el gran ramo de claveles multicolores.

Soñó mucho sentada en esa silla, mientras tejía con la revista de punto sobre las rodillas o limpiaba el arroz deslizando los granos lentamente del cuenco de sus manos.

Alimentó un sueño, además. Su sueño, su inconfesable deseo, modesto, fuerte, tendió hacia ella sus poderosas, envolventes redes, poco después de la muerte de su marido.

Cuando se ha vivido los años que ella vivió, rodeada de hombres, cualquier mujer desea un poco de intimidad. Margarita quería levantarse una mañana cualquiera con el sonido de los pájaros, entrar en una cocina limpia y en un baño ordenado donde la cortina de la ducha estuviera correctamente estirada. Margarita imaginaba el agrado de coger desde la jabonera una bola perfumada sin burbujas y quedarse bajo el chorro todo el tiempo que su placer lo demandara...

–¿Qué haces, mamá?

Es Andrés quien le habla desde la puerta. Margarita se pone de pie y retoma su trabajo en el lavado de la loza. Andrés entra en la cocina, busca el tarro de café y vuelve a salir llevando el termo con agua y unas tazas.

La presencia de Andrés en su casa hacía de aquella felicidad algo imperfecto. Desde luego estaba lo del jabón, las tazas sucias en la cuna del lavaplatos y, especialmente, el sonido de la viola da gamba desde las seis de la mañana.

Invitó a todas las hijas de sus amigas a tomar el té para presentarlas con Andrés. Él salió un par de veces con una de ellas, que le confesó estar enamorada de su hijo. Pero fue inútil.

Margarita, con las manos revolviendo la lavaza, recuerda con remordimiento haber considerado la posibilidad de que bajo la cáscara de hombre de su hijo existiera un capullo de señorita. Coge un tenedor y lo restriega con fuerza poniéndolo a la luz para comprobar que no quedan restos de comida.

Se equivocaba. El celibato de su hijo no obedecía a la temida inclinación por miembros de su sexo sino a una cuestión que Andrés definió alguna vez como un asunto de intensidad; le gustaban las mujeres, pero ninguna lo suficiente para dejar el cómodo hogar materno y asumir las obligaciones que por las buenas y por las malas vio caer sobre las espaldas de sus hermanos.

Una risa desconocida resuena en la sala. Después el timbre grave de la voz de Pedro hace alguna observación. Pero Margarita no escucha las palabras; solo el sonido, en el que es necesario trabajar para reconocer a Pedro, a Nicolás, a Reynaldo, a...

Puso en venta la casa. Sus hijos le otorgaron las firmas, ya que la propiedad era herencia del padre y Andrés contrató personalmente a la empresa que se hizo cargo de la mudanza. Se cambiaron a un departamento pequeño, en el centro de la ciudad. Había ahí el espacio suficiente para los muebles de la sala y del comedor, la gran cama de Margarita, sus plantas y algunos objetos, otras herencias acumuladas. Pero la cama de Andrés no cupo en el segundo dormitorio, de manera que debieron venderla y comprar otra, un poco más grande que una cuna de niño, en la que Andrés se acostumbró muy pronto a dormir encogido en invierno y con los pies por encima del respaldo en verano.

−Y entonces Otto dice: "No importa, igual tenía que levantarme porque estaba sonando el teléfono".

Las risas de los cuatro estallan sobresaltándola. Una copa, a punto de deslizarse desde sus manos, se aproxima peligrosamente a la baldosa.

Margarita aprieta los puños. No soporta el ruido de una copa al quebrarse. Ni de un plato... Ni la viola da gamba.

Una noche, cuando terminaba de apagar las luces del departamento para irse a la cama, alguien llamó desde la calle. Margarita iluminó nuevamente el pasillo y se dirigió al intercomunicador a través del cual escuchó la voz de Pedro. Minutos después, su hijo atravesaba la puerta de acceso llevando una maleta. El carácter de Pedro había cambiado mucho desde su matrimonio, de manera que Margarita no le pidió explicación, limitándose a prepararle una cama en el sofá. A la mañana siguiente se produjo el llamado de Eliana, la mujer de Pedro. Luego del saludo de rigor, auspiciado por las elementales normas de cortesía, sus palabras, concluyentes, terminaron de desarmarla.

–Como supongo que su hijo no le ha dado ninguna explicación, le informo que anoche lo hice salir de nuestra casa y que espero no verlo nunca más a solas.

–¿Qué quieres decir, Eliana?

–Que se lo devuelvo, señora. Eso.

Hubo entonces que cambiar la cama de Andrés por un camarote y programar las horas de ensayo para que la viola da gamba no sonara a la misma hora que el violín. Margarita logró imponer un sistema de turnos para el aseo del baño y una suerte de reglamento para la desocupación del mismo luego de la ducha, que incluía dejar colgada la toalla en el lavadero para impedir que tomara mal olor. En materia de aportes, Pedro asumió la cuenta del teléfono, que antes era de Andrés, pero respecto del supermercado, que había sido hasta entonces de Margarita, todo siguió igual.

–¿Por qué los elefantes tienen las piernas arrugadas? –dice la voz de Reynaldo en la sala a una audiencia que se muestra más que generosa con sus chistes.

Y sucedió luego lo de Nicolás. En su caso no hubo una llamada aclaratoria de parte de la ex mujer. Se presentó un domingo por la mañana, sin maleta, y le preguntó, con una humildad que Margarita no conocía, si podía quedarse unos días mientras él encontraba un lugar.

–Porque se agachan a jugar a las bolitas – dice riendo Reynaldo.

La risa de sus hijos es discreta. La velada apaga sus últimos fuegos. Se escuchan los carraspeos de cansancio y aburrimiento. Sin embargo, ninguno de los comensales parece extrañarla, al menos en voz alta. Nadie ha vuelto a ir a la cocina, donde Margarita termina de guardar los platos en la repisa y de limpiar la cubierta de la mesa.

Los dos años pasados desde el regreso de Nicolás fueron los más caóticos de su vida, en nada comparables con el paraíso de pañales y antibióticos que alguna vez le pareció superior a sus fuerzas. A la presencia de sus tres hijos en casa –dos de ellos durmiendo en el camarote de la pieza pequeña y el tercero improvisando, noche tras noche, una cama en el sofá–, había que agregar la de los dos hijos de Nicolás, que llegaban las tardes de algunos sábados y se iban los domingos siguientes después de almuerzo, y para los que se tiraban sacos de dormir sobre la alfombra de la sala. Fue necesario reajustar el presupuesto del supermercado y hacer una nueva distribución de gastos, en la que a Nicolás se asignó el pago del agua, atendida la pensión alimenticia a que su ex mujer lo condenó en tribunales. Se establecieron otros horarios y normas. Pero ninguno parecía dispuesto a moverse de aquel lugar.

Fue entonces, como un acto de independencia, que Margarita comenzó a salir sin dar a ninguno de sus hijos explicación de hacia dónde se dirigía ni con quién iba. Se había liberado. El suyo era un gesto de rebeldía, como dejarlos solos en la sala con la visita. Estableció respecto de ellos una trinchera que no les permitiría traspasar sin riesgo de sus vidas. Había conocido a Reynaldo en el club de tango hasta el que se dirigía dos tardes a la semana, un hombre tan amable que le permitió hacer una excepción, porque a esas alturas, ante la sola palabra hombre, Margarita desenfundaba un imaginario revólver.

Reynaldo es parte de su vida, que transcurre al otro lado de la puerta donde ellos realizan sus prácticas de cuerdas y caminan constantemente hacia la cocina con tazas y vasos que luego dejan regados por toda la casa. Reynaldo es suyo, en cierto precario sentido. Y era su secreto. El misterio que nunca antes se permitió imaginar.

Y sin embargo...

La lavaza, quieta en el fregadero, todavía tibia, apagándose la espuma en estallidos insignificantes, invita a sus manos a ese calor.

Sin embargo, por alguna desconocida razón, a la que no es ajena la insistencia del propio Reynaldo, ahora aquel hombre cuenta chistes en la sala, habla de fútbol y bebe en compañía de sus hijos. El destino acaba de jugar una de sus conocidas bromas. Al acercarse a la puerta de la cocina puede escuchar el carraspeo de Nicolás, como disponiéndose a iniciar una conversación en serio con Reynaldo, a interrogarlo, tal vez, acerca de sus intenciones, las intenciones de aquel extraño que parece encontrarse tan bien con sus hijos.

Que se quede con ellos. Que se queden todos ellos felices y contentos. Ella va a salir. Cogerá el chaquetón que maneja colgado de un gancho en la cocina a la que ellos la han reducido; se pondrá el chaquetón sobre los hombros, caminará hacia la calle, hacia algún lugar, para pensar, para estar lejos de ellos, para...

–Don Reynaldo –dice la voz de Nicolás agarrando por fin el hilo de la conversación–. Mis hermanos y yo quisiéramos tratar cierto asunto con usted...

...en cuanto pueda sacar las manos de la lavaza...

–Ustedes dirán, jóvenes.

...y secarlas para entrar en el chaquetón, caminar por una calle iluminada bajo la mentira de la noche y sus faroles, sola, como era ella antes...

–Se trata de nuestra madre –agrega Pedro.

...de ellos, del padre de ellos, de Reynaldo. Cuando era Margarita. Margarita, pronuncia su nombre. Margarita.

–De Margarita, ¿ah? –ratifica Reynaldo antes de comenzar con la declaración que ya tiene preparada.

54

Poderoso caballero

Una de las oficinas del décimo piso, la escogida, el lugar de espera para aquella última noche, es ocupada por José Pablo Morales. Tal es el nombre del joven abogado que instaló en aquel departamento, compuesto de un amplio privado y la salita de espera, lo que él ve como su espléndida oficina particular. Y aquel nombre, como el de cualquier otro como él, un profesional dotado de empuje y ambición, del necesario arresto de osadía, está escrito sobre una placa junto a la puerta de entrada, grabado en un material que imita al bronce. A juzgar por el retrato bien enmarcado sobre el escritorio, José Pablo Morales no es uno de esos solos que abundan en la ciudad –como ella misma, como Fidelia, la intrusa–. Está casado y tiene dos hijos, y de dar crédito a la fotografía, sus hijos, un chico y una niña, tiran a rubios, lo mismo que la madre, excedida de peso esta última.

Antes de dejar su oficina por la tarde, el joven abogado debió trabajar en un asunto relacionado con drogas. Sobre la cubierta de vidrio que protege la madera del escritorio, al lado de un cenicero repleto de cigarrillos apagados, está el *Código Penal*, abierto aún en el apéndice, en la parte de la ley sobre control de estupefacientes; un portalápices lo mantiene abierto en aquella página sometida a estudio exhaustivo; lo dicen ciertos párrafos remarcados con destacador amarillo y algunas cenizas que tiznan el papel.

En la primera página del taco de apuntes, una mano –la del joven abogado, ya que su caligrafía es la misma que la de la agenda de cuero que contiene sus datos– escribió con apresurados trazos un nombre, la identificación de un tribunal y el número de una causa judicial.

El joven abogado, reclinado tras su escritorio, se balancea en el sillón sobre el torniquete sin dar muestras de fatiga ante la mujer que se extiende en pormenores. El vaho del perfume de ella, una espiral envolvente que despide cada gesto en el que arrastra un tintineo de pulseras, revela a alguien cuya presentación ha sido considerada en los detalles, si puede estimarse el resultado de un propósito aquel olor o el tono rosa de su traje bien confeccionado pero demasiado corto para alguien de su edad. ¿Qué edad tendrá? La impaciencia del abogado joven juguetea con la lapicera sobre el taco de apuntes. El objeto resbala y cae al suelo, desde donde el joven lo coge no sin antes reparar su mirada en los altísimos zapatos de ella, en que sus medias son negras, acanaladas, y sus piernas muy finas.

Fidelia se sienta primero en el asiento que ha ocupado el cliente. Imagina a alguien, en ese lugar, con las piernas cruzadas una sobre otra; si es mujer, entrelazadas a la altura de los tobillos, la posición de alguien derrotado por un estado de nervios exasperante. Luego vuelve a ponerse de pie y va hacia la ventana, a través de la cual divisa, opaco de neblina, un paisaje de edificios y luces.

Alguna vez, en la infancia de Fidelia, aquel edificio fue uno de los más altos de la ciudad. Se veía su terraza desde varias cuadras a la redonda; y detrás, el cerro. Ahora lo rodean cuatro imponentes construcciones; una de ellas tiene el doble de altura, y se accede a él a través de un pasaje comercial que lo comunica con la calle, donde el extraño laberinto de la ciudad representa un cuerpo vaciado de habitantes a esa hora.

Fidelia lo escogió de entre todos los otros.

A las seis de la mañana abandonará el departamento que sirve de oficina al joven abogado Morales y llegará por la escalera hasta la terraza.

La mujer no da muestras de emoción, limitándose a describir los hechos y a manifestar la confianza que tiene en el joven profesional, la misma de quienes se lo recomendaron. Sus ojos quieren significar cierta importancia al alzar las cejas en un gesto que intenta dar ciertas cosas por entendidas. Y sus manos, una sobre la otra, descansan en el broche de la cartera, de un modelo más bien antiguo y con un doble seguro. Se inclina repentina y confidencialmente, más allá de la natural reserva en que debe mantenerse aquella entrevista, y dice las palabras necesarias para que el joven Morales aquilate la gravedad del asunto.

—Mi marido y yo estamos solos en esto. Quiero que comprenda el peligro que corre él en la cárcel, aun incomunicado.

La mano de Morales hace volver el lápiz sobre el taco de apuntes.

Lo escogió por azar, aunque no cree en los hechos casuales. Nada la predispuso hacia él. ¿O sí?

Sus ojos reparan ahora en el viejo edificio de la Universidad, enfrente de ella, y admiten la posibilidad de una resolución positiva hacia la terraza que ella veía, en su remota infancia, cuando alguno de los adultos de su vida la llevaba de la mano hacia el centro.

La cubierta del escritorio de la secretaria en el gran recibo ha sido despejada, probablemente un hábito de la mujer antes de irse. Por el color de barniz de uñas que hay en el primer cajón, Fidelia concluye que no es joven y que tiene un carácter más bien simple y de buena disposición, el de alguien mayor de cuarenta, que compra las revistas de fotonovela de la segunda gaveta en alguno de los pasajes de la calle San Diego, detrás del edificio de la Universidad.

La secretaria usa un computador para su trabajo.

Fidelia vuelve al privado, enciende el aparato de música y debe regular apresuradamente el volumen que deja escapar un sonido de interferencias. Hace girar el dial; busca una tecla con la ayuda de una linterna pequeña que le ha permitido ir por todos los detalles del departamento. Una música dura, con platillos y trompetas, gana la partida.

El nombre de José Pablo Morales se repite en la pantalla, y el comando para sacarlo de ahí no es el que Fidelia presiona. No tiene por qué serlo. Un hombre como él –ella comprende, ella ha ido haciendo de él su perfil–, un joven capaz de mantener aquella oficina bien ubicada y convenientemente alhajada –los muebles, los volúmenes de leyes y literatura uniformemente encuadernados, el equipo de computación, todo lo dice–, debe mantener la reserva necesaria respecto de sus asuntos.

Aunque tal vez –Fidelia comienza a abrir los cajones apuntando la linterna con decisión– la clave para ingresar está en algún lugar, un sitio con una anotación incomprensible para quien ignora qué buscar.

–Y podemos pagar. Tanto sus honorarios como la fianza que ordene el tribunal. Me parece necesario advertirle que, una vez en libertad, vamos a huir. No nos importa la fianza. Se le pagará bien. Me refiero a sus honorarios. Su trabajo termina sacando a mi marido de la cárcel. El resto es asunto nuestro. Ya puede ir preparando su cara de sorpresa cuando le avisen que desapareció.

La mujer imprime a sus palabras la necesaria expresión mediante la cual pretende ganarse la reciprocidad de la confianza que deposita en él. Sus ojos reparan en los hijos de Morales, y en la semejanza que solo los otros ven entre padres e hijos.

–¿Son suyos?

Fidelia va hasta el calentador y lo enciende. Curioso que alguien en sus circunstancias necesite de calor. Porque a las seis de la mañana, con una puntualidad que no es habitual en ella, va a salir de la oficina y escalará hasta la terraza.

Va a saltar.

–Es probable –dice la mujer– que le encargue la liquidación de ciertos asuntos. Pero eso será después de que mi marido salga de la cárcel y, naturalmente, usted mantendrá en reserva que nosotros estamos detrás de aquellas operaciones.

La mano de la mujer ha abierto el broche de la cartera, deslizándose hacia el interior, y sin apartar de él la mirada, pregunta una vez más.

–¿Son sus hijos?

El joven Morales asiente sin mirar el retrato. La mujer esboza una sonrisa, un gesto que al joven se le antoja vulgar y le produce horror. La mano de ella aparece al fin, desde la cartera, con los dos sobres, y sin separarse del broche lo cierra produciendo un sonido metálico. Como un acto reflejo, inspirado por el propósito de protegerlos de algo, el joven Morales coge el retrato y lo vuelve a poner sobre el escritorio, ahora lejos del alcance de la mujer.

A menudo pensó en aquella posibilidad como en algo remoto, y ahora reafirma su opinión de que no es, en modo alguno, una decisión angustiante. No experimenta decepción hacia el mundo de los otros ni la empuja un sufrimiento irresistible. Pero no quiere ese mundo. Ni la vida que lleva.

Ni cartas. Ni mensajes. Se dejará ir, simplemente. La decisión es completamente suya –no se culpe a nadie–, pero dada la espectacularidad de las circunstancias: el edificio, la oficina del joven Morales, la calle de madrugada, obligará a todos a reflexionar. ¿En qué? No es asunto de su incumbencia.

Los sobres están en sus manos. Sus dedos no han tocado los de la mujer al recibirlos. El joven Morales permanece con su mano extendida durante algunos segundos, pendientes sus ojos de la mirada de ella.

–En uno están sus honorarios. En el otro, el dinero necesario para el tribunal, si es preciso. Decida usted, con entera confianza, cuál es para cual.

El joven abogado vacila, no logra reprimir el temblor de la barbilla.

El lugar de la caída es el pasaje. Al asomarse furtivamente a la ventana, ha descubierto, cerca de la reja que se levanta como cierre por las noches, a un hombre, un vigilante. Está bajo el haz del farol, echando vapor por la boca. Fidelia sabe que es el calor de su propio cuerpo, un aliento quemante ante el hielo de la noche. Escuchó, alguna vez, la historia de una mujer que protegió a una criatura del frío, recostándola entre los intestinos de un animal recién abierto para preservarla de morir congelada. Un fuego en el interior de todo ser vivo. Fidelia va a apagar el suyo. Al dejar caer su cuerpo a través del aire de la madrugada soplará la llama. Aquel hombre, bajo la pálida luz de la noche, será su testigo.

Falta aún para las seis, y ya lo ha hecho todo, desde dar vueltas por la oficina hasta entrar en los baños un par de veces y sentarse, forzando la vejiga a vaciar todo lo que hay en su interior. No se trata de un simple capricho. Va a saltar, por supuesto que lo hará, pero no va a permitir que su cuerpo quede ahí tirado, húmedo y expuesto a la vergüenza, desprovisto de aquella dignidad.

Ninguno de los cajones de Morales tiene llave. Hay documentos en el primero: cheques con colillas de protesto adheridas mediante corchetes; un par de escrituras. En el segundo está el talonario con boletas y las declaraciones de impuestos.

Fidelia silba y mira la oscuridad a su alrededor, como temerosa de una presencia que advierta, al igual que ella, la prosperidad que se puede alcanzar siendo joven como lo es José Pablo Morales.

Dinero.

Como respondiendo a una invocación, aparece ante sus ojos la caja de metal. Está cerrada con un candado pequeño pero firme. Fidelia se levanta y va por la horquilla que ha dejado en su bolso, sobre alguno de los sillones del recibo. Hizo un buen trabajo con ella al entrar, la sencilla operación de meterla en la cerradura y esperar, con contenido temblor, a que el instrumento ajustara su filamento a la combinación. Entonces el picaporte giró y ella pudo acceder al departamento, cuyo recibo parecía poderosamente iluminado por la luz de la calle al principio, aunque luego descubrió que en el interior todo se volvía penumbras.

Una casa. El joven Morales se ve entrando en su casa, recibido en el antejardín por el perro policial que compró a sus hijos cuando eran pequeños. Les dio una bonita casa en un barrio seguro. Un jardín ornamentado, habitaciones repletas de juguetes. Y los vestidos de ella. Y los trajes de él. Una casa bonita. Una oficina bien instalada. Y él, un buen profesional que toma cada caso luego de una indagación previa que le permite informarse sobre la situación de cada uno de sus clientes. ¿Cuál de ellos le envió a aquella mujer?

Ella toma sus cosas. La cartera parece ahora un verdadero bolso de mano, tal vez con más sobres como el par que ha dejado sobre el escritorio luego de expresar al joven la confianza en su labor. Todo lo que tiene que hacer es sacar a su marido de la cárcel.

–¿Estamos de acuerdo, entonces?

Es ella quien ha puesto término a la entrevista. De pie, frente a él, le vuelve a ofrecer su mano como hizo cuando llegó. Su piel está bronceada con una tonalidad pareja, que revela un trabajo de rayos.

–¿Tienen hijos ustedes?

Ella demora en responder. Morales se arrepiente de haber formulado una pregunta que traiciona sus pensamientos.

–No –dice ella.

El candado es de calidad, pero finalmente lo consigue. Como era de suponer, como Fidelia quiere imaginar o le indica el rumbo de los acontecimientos, hay dinero en el interior de aquella caja. Sus dedos tiemblan al contacto de aquellos billetes, distribuidos en dos sobres. Se deja caer sobre el sillón de Morales y apoya la caja sobre sus muslos, en los que la falda se ha deslizado dejándolos al descubierto. Alguien, quizá la persona que dictó a Morales los datos consignados en la primera página del taco, le entregó aquellos sobres llenos de billetes, que su impaciencia le impide contar la primera vez, obligándola a repetir la operación, aunque luego de la segunda tentativa y de la confirmación de una tercera, puede estar segura. Y en dólares. Debe pronunciar la suma. Aunque así, en voz alta, no tiene el mismo significado.

Fidelia advierte que finalmente el albor de la madrugada envuelve la anterior luz de la calle.

Morales entra en el computador. Prepara el escrito y lo archiva. La secretaria aparece en la puerta un instante para despedirse, con la cartera en la mano, enfundándose el chaquetón. Parece más bien una empleada doméstica que una secretaria. A Morales no le interesa su apariencia. Puede fiarse de ella.

–Señora Raquel –advierte–. Voy a dejar dinero en la caja, donde siempre. ¿De acuerdo?

Ella sonríe. Morales repara, una vez más, en la semejanza de su rostro con el de algún hada de cuentos.

–No trabaje hasta muy tarde –la escucha decir en el momento en que desaparece del umbral de la puerta.

Y no es a causa de su trabajo –el joven lo ha hecho tantas veces antes– que comienza a temblar. Un sudor frío le moja el cuerpo. Ha cogido una vez más la fotografía de su familia y vuelve a dejarla encima del escritorio en la posición inicial, de la que la arrancó para evitar que la mujer la tomara. Se levanta, va al baño y bebe un vaso de agua. Escucha el sonido de la puerta al cerrarse, pero no los pasos de la señora Raquel alejándose por el pasillo. Morales se vuelve hacia la ventana donde la noche comienza a disponer su oscuridad.

Ahora que mira nuevamente el reloj de la radio advierte que lleva casi ocho horas en el interior de aquella oficina. Los billetes, aún en la mano, despiden un repentino calor, el mismo que sintió al entrar, el de un lugar recién desocupado, en el que antes se ha respirado y andado, un lugar con vida. Alguien, antes de su arribo, estuvo ahí y dejó parte de su calor. Ella lo acogió luego de aplicar la horquilla al picaporte. Alguien que bajó por el ascensor, cuya puerta estaba cerrada cuando ella alcanzó la planta desde la escalera.

Apaga el computador, coge la chaqueta desde el interior del clóset y comienza a revisar que todo quede en su lugar: luces, radio, ventanas. Todo apagado. La caja metálica en el cajón para no llegar a su casa con el dinero de aquella mujer encima. "Decida usted cuál es para cual". Ha considerado la posibilidad de llevarlo con él. También tuvo el deseo de rechazarlo. De haberlo hecho, el olor que esa mujer ha dejado en su privado no impregnaría el aire de aquella manera. ¿Cómo librarse de aquel olor? ¿Cómo sacárselo de encima? El dinero huele a ella. Por eso lo deja. Todo aquel dinero en el interior de la caja de metal, con candado, en el tercer cajón. Antes de partir, cierra la puerta de doble cerradura y se dirige al ascensor. Pero no se vuelve antes de entrar en la cabina. Ni siquiera cuando escucha el acceso de la escalera que se abre, empujada por alguien. ¿La mujer? No. No pueden ser suyos los pasos que ganan el pasillo. No harían aquel sonido los tacones que llevaba aquella mujer. Se aproximan aquellos pasos. Pero entonces la puerta del ascensor se cierra y él inicia su descenso al primer piso, a la calle, a casa.

El visor del radio reloj le enseña la hora por última vez. Fidelia se echa a reír. Se encamina despacio hacia la entrada de la oficina y no se ocupa de volver a cerrarla. Ni de borrar sus huellas. Enfrenta el ascensor que se abre ante ella y el tablero, a un costado, con los botones que marcan cada piso.

Entonces presiona el número veinte, hacia el cual la cabina asciende veloz, deteniéndose a los pocos segundos. La puerta se abre enseñando un pasillo oscuro, que deberá recorrer para llegar a la escalera y por ahí trepar hacia la terraza, la fría imponente explanada desde la que se propone saltar para caer de improviso ante la mirada incrédula del vigilante.

Pero duda. Vacila.

Y antes de darle más vueltas al asunto, con los mismos dedos que dejan por un instante los billetes en el bolsillo, presiona la tecla número uno, el piso al que se dirige ahora temblando. Nunca imaginó que la vida guardara para ella algo así. Ni lo deseó. Tal vez por eso, porque nunca ambicionó aquello, el dinero produce el efecto de un cuerpo caliente en su interior. Tan caliente que no siente el frío de la mañana cuando camina hacia la calle, burlando la mirada del vigilante que sigue detenido cerca de una esquina.

El crimen de Ester

Se han dicho demasiadas cosas acerca de la muerte de Ester. Sobre la que podría haber sido su vida de no ocurrirle el infortunio. Se ha dicho, con frecuencia, que desgracias como el crimen de Ester suceden a veces porque son mensajes, signos, y que personas como ella son una elección que hace el destino. O Dios.

La gente habla de lo que ignora...

El caso es que Ester lleva muerta muchos años, y que nadie la recuerda ya, como hace el tonto del barrio cada vez que va por las ruinas del hospital a medio construir o pasa junto a la puerta de la casa que fue de sus padres, la misma de la que salió la mañana de su último día.

Está viejo el tonto. El tiempo pasa para todos. La gente se ha ido del barrio. Los padres de Ester se mudaron. Partió el novio, para casarse con otra. Hasta su hermano se fue, o se lo llevaron, preso, por un asunto de drogas.

Y Juan. Aunque él de otra manera. Lo encontraron muerto en su casa hace un par de años. Se colgó de la viga más alta en la sala de su casa.

Donde hubo un sitio baldío pusieron después una plaza. En la fuente de soda, una verdulería. Y el colegio es ahora más grande; hay más cursos y tres jornadas, dos durante el día y una vespertina.

A veces el tonto grita el nombre de Ester. Y ese es para todos un signo más de su locura, la que atribuyen a la enfermedad de su madre. O a todo el vino que bebió su padre antes de reventar.

Ester. Ester...

Pero nadie hace caso de lo que un tonto declarado va gritando por la calle, menos aún si se refiere a la muerte de una muchacha que, de seguir viva, sería ahora una respetable madre de familia. Aunque no..., dicen que no respetable, y que madre tampoco. No llegó a ser madre Ester.

Es verdad que el tonto tuvo su día, que alguna vez fue señalado por los dedos acusadores como el culpable. Pero eso fue cuando a alguien le interesaba saber lo sucedido con ella; cuando la policía, acicateada por las noticias de los diarios que se explayaban con los detalles del crimen, buscaba con desesperación a quien cargarle los dados.

Tal fue el minuto del tonto. Aunque ya no hay quien recuerde, como hace él, su expresión en la primera página del *Vea*, en el momento en que uno de los policías lo sacó de su casa para subirlo al vehículo, aprisionada la cabeza en el perfecto torniquete del brazo derecho del oficial, que lo obligó a inclinarse para entrar en el vehículo, pero dio tiempo a su mirada para dirigir aquella expresión que valdría al fotógrafo un premio de la academia y que sintetizaba todo el estupor de un inocente, la asombrosa incomprensión de los idiotas.

No le sacaron palabra al tonto. Ni siquiera entonces. Si fuera capaz de comprender lo sucedido, el tonto se preguntaría si existe otro más hombre que él en el mundo, alguno que soportara más palabras e insultos, si ha habido en algún lugar de esos en que se inmola a la inocencia, una impavidez semejante a la suya ante la injuria repetida tras la cachetada de tonto huevón, mil veces. Ni siquiera entonces tiró palabra de lo que sabía.

Llevaba algunas horas muerta cuando la encontraron. Un vagabundo, que solía deambular entre las ruinas del hospital a medio construir, la vio tirada cerca del que iba a ser el acceso de las ambulancias, donde crecía una hierba muy alta, lastimada de sol. Dijo que tenía la falda recogida a la altura de la cintura, y que debajo no llevaba nada. Parecía tan sorprendido de aquella desnudez, que repitió varias veces las palabras nada y muerta, como si le costara convencerse de que el espectáculo de una muchacha desnuda y muerta fuera para él. También el pecho de Ester estaba descubierto. Y lo único que la ponía a salvo de un frío incapaz ya de lastimarla y de la curiosidad de tantos ojos apenas contenida tras los cordones policiales, era aquella falda que jamás ocultó demasiado y el gran pedazo de lona que uno de los de la policía arrojó sobre su cuerpo después, cuando ya lo habían visto demasiados.

Le arrancaron los calzones. El que lo hizo tenía uñas largas, que trazaron cortes profundos sobre sus muslos blancos. La blusa fue encontrada después, colgando de unos fierros oxidados, trofeo de guerra que flamea contra el paisaje derruido de un territorio ocupado.

Y ni las medias, ni los zapatos de Ester...

Para el tonto aquello es paradojal, aunque ignora aquel concepto. Matar a una muchacha como Ester y dejarse las medias y los zapatos. Los zapatos tenían terraplén; eran negros; el cuero no era de calidad, tal vez ni siquiera cuero de animal sino algo sintético que se llevaba mucho por entonces. Y las medias eran transparentes; parecía desnuda Ester con ellas, cuando las llevaba puestas sobre su piel, que era, como la de todas las muchachas de aquel barrio, algo áspera y granujosa, igual que la carne de una gallina recién pelada.

Cuando le fueron a avisar, el padre de Ester salió de su casa enseñando los puños. La madre corrió tras él secándose las manos en un delantal de cocina que se anudaba a la cintura. La noticia había ido ya por el barrio con la velocidad a la que suelen volar las tragedias, y los vecinos aguardaban amontonados a la entrada del lugar. Al llegar los padres, el murmullo de asombro se apagó. Alguien carraspeó denotando su confusión, y luego se les abrió camino hacia el cuerpo de Ester.

Desde donde observaba, el tonto no podía ver. Escuchó el sonido de los frenos de los vehículos de la policía que seguían llegando y estacionándose en desorden en el sitio baldío, Habría querido llegar adelante. Se sentía con derecho a mirar. Pero no pudo. Tampoco logró hacer fuego para encender un cigarrillo que le bailaba entre los dedos porque el viento apagaba la llama una y otra vez.

El grito de la madre erizó los cabellos de los presentes. Había un automóvil con una alarma encendida que el conductor apagó para escuchar, él también, el sonido de aquel dolor. Por un momento todos habrán pensado que sobrevendría una catástrofe mayor, un terremoto, un salvaje temporal. Una chica lloraba en silencio y se lamentaba de ver el cuerpo de Ester sobre una camilla. Era morena, como ella. Menuda, también. Y su cabello tenía la suavidad del de ella al agitarse al viento de la tarde cuando regresaba del colegio, demorando las pisadas sobre la acera donde el tonto esperaba para verla. El tonto no sabría decir si era Ester a quien esperaba en las esquinas en un lento matar las horas de la calle o a cualquiera otra que oliera y caminara como ella, alguien cuyo cuerpo joven exudara un deseo contenido. Tampoco estaba seguro de que fuera otra la chica que miraba el cuerpo caído o la misma Ester, regresada para mirar cómo le quedaba la muerte, porque su tristeza tenía la apaciguada curiosidad con que se reviste el recuerdo de quienes han partido.

Se inició aquel día la investigación sin rumbo, donde se insistió, especialmente, en las medias y los zapatos que servirían, según el oficial a cargo, para dar con el o los asesinos.

El tonto y Juan fueron interrogados. Y con ellos los otros, a los que también volvió sospechosos la fama de vagabundos. Juan primero. El tonto al final, cuando a alguien se le ocurrió decir que alguna vez fue violento, que merodeaba a la salida del colegio del que lo echaron porque no aprendió a escribir y que de los tontos puede esperarse cualquier cosa porque son diferentes a los otros. Y el crimen de Ester era una cosa distinta; un hecho sin precedentes en el barrio: la muerte de la más bella, o de una cualquiera a la que la prensa de entonces convirtió en la más bella de todas.

El padre declaró que Ester salió de casa a las dos para ir al colegio y que no supo de ella hasta el día siguiente, cuando le fueron a avisar que estaba inconsciente (quien llevó la noticia solo habló de inconsciencia) en las ruinas del hospital. La madre agregó que nunca se demoraba en volver y por eso, pasadas las seis de la tarde, había dicho a su marido: "Oye, viejo, a la niña le sucedió algo;

llama a la policía". El hermano, un chico demasiado joven para cargar con el muerto que sus padres
querían echarle encima por no haber regresado con
ella o no saber más de la vida, dijo que la última
vez la vio apoyada en uno de los pilares del edificio de la escuela, sola, y que no le habló porque
parecía estar en uno de aquellos días difíciles en
los que resultaba tarea ardua sacar de ella una
palabra que no fuera insultante. Carmen, la mejor
amiga, insistió con desconsuelo que ese día, ese
único y aciago en tantos años de amistad, no re-
gresaron juntas porque Ester cogió otra dirección,
y que parecía nerviosa y distante las jornadas que
lo precedieron. Y el chico Gómez, el único novio
que le conocieron, lamentó el fin de una relación
que habría preservado a la muchacha que él aún
amaba de cualquier peligro.

Antes del hallazgo transcurrió la larga noche
en que los padres llamaron a la policía. Dudaba el
oficial (la silueta de él recortaba sus contornos sobre el telón de fondo de una cortina de tul) de la
desaparición, de una desgracia, de un hecho, en fin,
que fuera de su competencia, insistiendo con ma-
jadería ante los padres en la posibilidad de que Ester
hubiera abandonado la casa por decisión propia.

El tonto y Juan permanecieron hasta después
de las doce bebiendo cerveza en la fuente de soda,
a dos cuadras del sitio donde el cuerpo de Ester
aguardaba por su hallazgo. Juan se mordía, aquella noche, las coyunturas de los dedos. Estaba triste. Y al tonto su tristeza le afligía como ocurre siempre con el dolor de aquellos a quienes amamos. Y
se esmeraba, con las pocas monedas que había en
su bolsillo, en ofrecerle una cerveza más, un
sándwich. Pero Juan apenas le dirigía la palabra,
mordiéndose los dedos.

Tardaron mucho en interrogarlos. Pero no faltó quien dijo, luego de las infructuosas pesquisas: "Bueno, entonces detengamos a los vagabundos del barrio".

El examen de los restos reveló que antes de morir Ester estuvo fumando y bebió mucha cerveza. Identificó también la causa técnica de su muerte y los pormenores de lo que pudo ser una ceremonia en la que su vientre fue rasguñado alrededor del tatuaje junto al ombligo que su madre dijo desconocer. El tanatólogo afirmó que por la tarde comió una hamburguesa, que su sangre carecía del factor RH y que encapullada en su útero dormía una criatura del sexo masculino.

El hijo de Ester...

Sus padres, incrédulos, se recriminaron una y otra vez e intentaron lo que no pasaban de ser conjeturas acerca del comportamiento de su hija durante los últimos días.

Como todos, el tonto asistió al funeral.

Después el tiempo volvió sobre su rumbo.

A menudo regresa a las ruinas del hospital a medio construir. Se sienta a fumar en el sitio donde la encontraron, diez metros más hacia la entrada de donde aseguran los expertos fue asesinada.

Recuerda el tonto como hacen los viejos cuando ya no se espera nada de la vida y se acepta la distancia que lenta pero implacablemente va poniéndoles ésta. Recuerda los lejanos partidos cuando Juan le tiraba un pase y él podía retener algunos segundos consigo la pelota antes de que otro se la quitara. Y las noches en que Juan lo buscó para que compartieran una cerveza. Recuerda que Juan lo llamaba por su nombre; que fue el único, durante toda su vida, que lo llamó por su nombre.

Y a Ester. Todo el tiempo piensa en ella. Sentado sobre el nacimiento de un muro que jamás llegó a levantarse del todo, piensa en la Ester que Juan y él seguían por las calles del barrio, la muchacha orgullosa que dirigía a Juan una mirada por encima del hombro y a él nada, ni siquiera el fugaz brillo de sus ojos, como si no existiera.

Pero no su muerte.

Ester. Ester...

Recuerda, aunque cada vez menos, la noche antes de colgarse, cuando Juan pasó por su casa y le dejó, envuelta en un papel de diario, una caja que contenía los zapatos y las medias de Ester.

Los objetos que a veces saca desde debajo de la cama y mira, y vuelve a guardar y a mirar. Objetos que le pertenecen. Como la propia Ester.

La diosa fortuna

–Vino dos veces. La segunda dijo que usted le debía algo. No habló de dinero. Yo diría que era más bien alto, del tipo al que se describe como entrecano. Si lo viera por la calle, le diría ese es, pues el suyo es de aquellos rostros que no se olvidan. Casi no me di cuenta que él había entrado y esperaba delante de mí a que le pusiera atención. Estaba muy ocupada terminando de formatear el documento de la señora Magali. A propósito, la segunda vez que estuvo aquí, no pude impedir que la señora Magali escuchara lo que dijo, que usted le debía algo.

Medina asintió, evidenciando su extrañeza. Al gesto inicial de perplejidad –las cejas alzadas, apretados los labios– con que siguió el relato, no añadió pregunta que permitiera a Anita explayarse más allá del último detalle, que la señora Magali había escuchado lo de la deuda. No era importante lo que ella creyera o dejara de creer. Medina no debía un cinco a persona alguna sobre la tierra. Aunque la señora Magali no tenía por qué saberlo.

Nuevamente solo, en el interior de su oficina, y sosteniendo entre los dedos con actitud ausente el informe del caso que debía preparar antes de las siete de la tarde del día siguiente, las palabras de Anita volvieron a rondar su pensamiento.

"Dijo que usted le debía algo".

Dinero no. De eso estaba seguro.

A las seis entregó su informe. No lo hizo, según era su costumbre, personalmente. Lo dejó sobre el escritorio de Anita, para que ella se encargara de despacharlo. Si bien estaba adelantado en el plazo, no había en su anticipación nada de extraordinario. Era Medina a quien la señora Magali encargó aquel trabajo. Y Medina era eficiente. Hablamos del mejor.

Abandonó el edificio y se dirigió al supermercado. Necesitaba comprar algo de pan y queso. Y si lo pensaba con atención, por la mañana había reparado en que solo quedaba café para un par de tazas y que la mantequillera ya enseñaba su fondo de vidrio.

Empujó el carrito por los pasillos con aquella mezcla de ansiedad e inquietud que lo ganó luego de aquella incómoda e inusitada interrupción de Anita. Poco después de su regreso del almuerzo, cuando se dirigía a su privado con la impresión del informe, le había hablado desde su escritorio, indicándole con el índice y el pulgar su intención de no quitarle más tiempo del necesario.

–Disculpe, señor Medina. Un hombre ha preguntado por usted.

Un hombre. Así de vago.

Medina se detuvo en medio del estrecho pasillo ante un surtido de frascos con aceitunas, cebollines y alcaparras. Tuvo la sensación de que se llevaba la mano al estómago, a la altura donde, según el gastroenterólogo, estaba torturando su colón con aquella manía por el trabajo.

–¿Un hombre?

Anita había sonreído. Al fin la escuchaba. Y entró, de inmediato, en los detalles de la altura, el color de los cabellos del desconocido.

Como si a él aquella información le sirviera de algo.

¿En qué pensaba cuando Anita lo enfrentó, llevándose aquellos dedos con uñas postizas a la altura del ojo derecho, al tiempo que sonreía con sus labios retocados de lápiz?

Pues, sí. Pensaba en el equipo de música que estaba en el mueble del departamento, cerca de la puerta de corredera que daba a la terraza. Y en Estela. Porque en realidad pensaba en Estela; y a propósito de ella, su pensamiento había rodeado la imagen de su equipo nuevo, la cosa escandalosa, según gustaba llamarlo Estela, debido a su tamaño, al sonido y a los cromados, aun a sabiendas de que el calificativo lastimaba a Medina. La cosa escandalosa era su equipo de música adquirido en la friolera de tres mil dólares, moneda norteamericana que pagó a través de una transacción por Internet. La cosa escandalosa era capaz de despertar a un muerto con la fidelidad de sus altos, algo que Estela habría podido advertir si accediera a escuchar completa la bacheana número cinco. Como tener a Dios hablándole en la sala de su décimoquinto piso que dominaba el oriente de la ciudad, los cerros con luces, las grandes avenidas con sus ojos abiertos, la noche profunda. La cosa escandalosa que él escuchaba a oscuras porque así Medina hablaba con Dios, tocaba fondo, se elevaba, en fin, trascendía al minuto en que sonaban el canto de las ballenas, las voces de los monjes de Silos y "El muro" de Pink Floyd, aquella maravilla del mundo moderno.

Estela ignoraba todo eso. Y sin embargo, dentro de poco, ella sería su mujer.

Aplacado el puntazo del colon (era cuestión de quedarse quieto y respirar profundo), avanzó y recorrió el pasillo siguiente, el de los vinos. Comenzó con las ofertas. En ocasiones anteriores había encontrado oportunidades increíbles, pero hoy no era su día. Y él no bebía vino. No bebía ni una gota de alcohol, y si compraba un par de botellas cada vez que iba al supermercado, era para atesorarlo en su bodega, reservarlo para las ocasiones en que Estela y él recibieran a sus primeros invitados; entre ellos, la señora Magali y su marido.

Llevó el carrito ligero por los pasillos. Había poca gente. El día siguiente era la víspera de un fin de semana largo. Entonces el supermercado herviría de compradores de vino y aceitunas, y carne y carbón para hacer los fuegos con que pasar el tiempo.

Medina no era de esos. Estela no regresaría desde el norte hasta el lunes. De modo que tal vez el sábado visitara a sus padres. O fuera al cine. Tal vez se quedara todo el día metido en la cama escuchando música y revisando los apuntes del magíster en Gestión, por repasarlos simplemente. Medina estaba seguro de que el trabajo entregado obtendría la mejor calificación. Siempre había sido así.

Quizá no hiciera nada de eso y llamara a alguno de sus compañeros de antes. A algún amigo de la universidad. ¿Qué había sido de todos ellos? Sus rostros, sus nombres se confundían tras el telón que él mismo había echado sobre su memoria.

No era una buena idea.

Dentro de poco su departamento iba a ser también el de Estela. Su futura mujer no quería dormir con él bajo el mismo techo hasta que estuvieran casados. Para Medina aquello era demostración de un pudor incomprensible, aunque Estela había recalcado que no era pudor ni vergüenza, que la guiaban razones que no iba a compartir porque él podía atribuirlas a supersticiones, supercherías inaceptables para un hombre concreto.

Estela sabía que para él era muy importante la evidencia. Se manejaba, en su trabajo, con elementos de convicción irrebatibles. Su tarea era encontrar tales evidencias; sólidas, indestructibles, verdaderos edificios de certezas, suficientes para sustentar la denuncia contra uno que se apoderó de algo o no hizo bien lo que se le encargó; contra cualquiera, en fin, que falló. Si la señora Magali lo hizo su hombre de confianza –aquello enorgullecía a Estela tanto como a él–, era porque Medina acumulaba una marca imbatible en materia de evidencias. Como él, había otros que también eran jóvenes y eficientes profesionales recién egresados de la Universidad y deseosos de hacer bien lo suyo. Pero Medina era el mejor.

Y a Medina, según su entender, no lo favorecía únicamente la señora Magali, quien delegaba en él los asuntos más importantes y bonificaba sustanciosamente su sueldo con incentivos. Medina era un hombre bendecido por la fortuna, aquella diosa.

La muchacha de la caja estaba entregando el vuelto a una mujer. Medina se impacientó ante un proceso más lento que otras veces. Y es que la mujer se había quedado quieta como una estatua, exhibiendo sobre la cubierta un montón de monedas que la muchacha se vio obligada a contar ante sus ojos.

–Le falta –dijo–. Aquí hay solo cuatro mil doscientos.

– Entonces marcó algo de más. Haga de nuevo la suma.

La muchacha agarró un extremo de la cuenta y repasó,

–Está todo bien.

–¿Cuánto le puso al aceite?

–Ochocientos.

–¿Y a las aceitunas?

–Mil doscientos.

–Estaban a mitad de precio, señorita.

La muchacha hizo llamar a un joven y le encargó que revisara el precio.

"Dijo que usted le debía algo".

Él no. Medina no tenía deudas. El hombre en cuestión, el desconocido al que tarde o temprano echaría el guante, había ido al trabajo simplemente para dejar caer un manto de dudas acerca de su honorabilidad. Estaba claro como el agua. Alguien lo envió a sabiendas de que no lo encontraría. Dos veces. Detrás de aquel incidente había algún enemigo, y ese era cualquiera de sus compañeros de trabajo de trato cordial, uno que quería desplazarlo de su condición de favorito. Estaba por fin tan claro, que lamentó no llevar consigo el celular para comunicárselo a Estela. En un primer instante había considerado no informarle para no sembrar en ella la inquietud ante aquella insignificancia, pero ahora que estaba resuelto y, en consecuencia, bajo su control, podía llamarla y decirle en pocas palabras que se trataba de un incidente menor del que ya se haría cargo, un problema más sobre el cual elevar su bandera. Solo queda encontrar las evidencias, cuestión de tiempo.

"Alguien quiere perjudicar a Medina". Iba a entrar al privado de la señora Magali pronunciando aquellas primeras palabras. "Deme una semana y se lo demostraré. Una semana, y entre tanto, que quede entre nosotros".

Luego iba a echar las redes. Hablaría con Anita. Le diría que estaba sumamente preocupado. Anita calibraría la importancia del asunto. Agregaría que para él y la señora Magali era muy importante dar con aquel desconocido.

—Mil doscientos —dijo el joven.

Él y la muchacha de la caja observaron a la mujer, quien a su vez miró el dinero desparramado encima de la cubierta.

—No alcanza.

—¿Entonces devuelve las aceitunas?

—No. Las aceitunas no.

El chico de los paquetes comenzó a retirar las cosas que había puesto en el interior de las bolsas.

Medina juntó las manos e hizo sonar los nudillos.

Podía asegurar que Rozas y Álvarez, que andaban por ahí, se aproximaron a la secretaría cuando Anita terminaba de darle aquella información. Y que se miraron. También que Anita encubrió aquel entendimiento con una repentina carraspera que no disimuló el sonrojo de sus mejillas. Después agregó que si lo veía por la calle era capaz de reconocerlo; de esas personas que no se olvidan. Aseguró haberle ofrecido asiento para que lo esperara, y que el desconocido no aceptó, dando así lugar al malentendido (estoy cansado de esperar al señor Medina, lo he hecho muchas veces antes). Eso creyó la propia Anita –suponiendo que no fuera parte, ella misma, de la conjura–, que estaba acostumbrado a hacerse esperar por sus acreedores. Y, lo peor, que le debía a alguien.

Si había una virtud que Medina admiraba de sí mismo, entre otras, era aquella capacidad para manejarse en la vida sin dejar deudas pendientes y sin que, a su vez, nadie quedara en deuda con él. Tomaba, simplemente, lo que era suyo; un simple ejercicio de justicia. Había, desde luego, que dejar fuera de aquel razonamiento a sus padres; desde un punto de vista meramente contable, estaba en condiciones de devolverles todo lo que le dieron, pero la relación con ellos comprendía aspectos que no podían, en modo alguno, reducirse a las columnas de activo y pasivo y que debían, en consecuencia, darse por balanceados de antemano. Él estaría siempre cerca de ellos; atendería sus necesidades prácticas en retribución a todas sus consideraciones. Sus padres eran, felizmente, gente de educación, y jamás se presentarían en su oficina diciendo algo como: somos los padres del señor Medina.

–Las aceitunas, no –insistió la mujer.

–¿Entonces?

–Señora, por favor –dijo una voz tras Medina.

Había otras personas esperando, igual que él, solo que éstas habían comenzado a demostrar su impaciencia.

–Las aceitunas, no.

Medina sacó un billete, lo puso sobre la cubierta y mirando a la muchacha de la caja, mas no a la mujer, le pidió que se pagara de la diferencia.

–No puedo esperar toda la tarde.

No. No eran sus padres personas que fueran a colgarse de su vida para bajar a la tumba.

La sonrisa de la fortuna le había mostrado a él su resplandeciente dentadura. Ahí estaba, como ejemplo, Estela. Atractiva, independiente, con una inteligencia bien templada que potenciaba el empuje suyo.

Cuando resolvieron el tema del matrimonio, Estela comprobó, no sin asombro, la rigurosidad de él en todos los aspectos de la futura vida en común. Estaban hablando en su departamento. Medina se levantó del sillón cuando ella mencionó los futuros gastos y volvió de su habitación de trabajo con un maletín del que extrajo un computador portátil; entró en el sistema de información compacta y arribó a un programa de contabilidad simple, que traía una línea vertical. Con la destreza de quien ha hecho muchas veces lo mismo, comenzó a anotar en una columna los aportes de él; fijos y variables, promediados según los últimos tres meses estos últimos y en otra los que ella comenzó a dictarle. En la columna paralela, con igual minuciosidad, registró las necesidades y caprichos de cada uno. Como un gesto de calculada generosidad, al sacar las cuentas, Medina estableció de su cargo un aporte mayor. Creyó advertir en el rostro de ella una expresión de incredulidad. Medina no iba a entrar en detalles; amaba a Estela, pero no era ajeno a la idea de que la unión entre los dos pudiera terminarse, y si eso ocurría no pensaba dejar a mano la justificación de su avaricia. No tendría un solo gesto de tacañería hacia su futura mujer. Y le dirigió una mirada elocuente para justificar el planteamiento que siguió a aquel registro. Estela era una mujer preparada; por ella misma debía ocuparse de las cuentas de luz, agua, gas, internet, cable, ¿quedaba otro gasto de servicio?, como también de una parte del supermercado. El dividendo del departamento sería de cuenta de él, lo mismo que los gastos comunes; después de todo era de su propiedad, y ya habían resuelto que al momento de contraer matrimonio los patrimonios de ambos quedarían perfectamente separados. En el beso que siguió a aquel ejercicio estaban presentes la frialdad de la cuenta no mencionada, hecha por la propia Estela, y la recíproca gratitud por evitar referir aspectos que, pese al profesionalismo con que estaban enfrentando el asunto, eran innombrables si se pensaba que solo faltaban días para el matrimonio.

—Gracias, señor, pero no puedo aceptar.

—Y yo no puedo esperar.

Había alzado la voz. La cajera dirigió una mirada a la mujer, quien cerró el monedero y volviéndose hacia Medina, susurró apenas, antes de retirarse con su bolsa.

—Muchas gracias.

Entonces Medina sacó las cosas de su carro y las puso sobre la cubierta. En seguida, con la misma celeridad, extrajo del interior de su chaqueta el portadocumentos y le alargó la tarjeta de crédito. La mujer realizó la transacción y le alargó el comprobante. Medina no se ocupó de revisar la cuenta, según era su costumbre. Firmó y salió, dirigiéndose hacia la escalera que lo conducía hacia el estacionamiento. Puso las cosas en el portamaletas y subió al vehículo, cuidando de abrochar el cinturón de seguridad.

Tampoco al Banco debía suma alguna que no estuviera satisfecha según el acuerdo convenido,

El auto, el departamento, el viaje al Caribe que él y Estela hicieron las últimas vacaciones para sellar el compromiso..., todo fue adquirido gracias a los créditos del Banco. Jamás había tenido relación con prestamistas clandestinos. Cada peso recibido en préstamos estaba siendo devuelto. Y los intereses. Era, por lo demás, un hombre sin vicios; gastaba lo que sus ingresos le permitían y estos no eran poco decir. De manera que, a menos que se tratara de una deuda muy antigua, una que no lograba recordar, el asunto no era dinero.

Muchas gracias. La expresión de la mujer al retirarse, alejándose con la vista vuelta hacia él era evocadora de antiguos gestos; una gratitud que no esperaba, una gratitud que ocupaba el espacio de un sentimiento diferente.

Tal vez era de esas cuentas.

Una deuda distinta.

Debía aceptarlo. Estaba pensando en Natalia.

Dudó un instante antes de sacar el vehículo del estacionamiento. Entonces lo vio. O lo intuyó. El desconocido estaba ahí. Se ocultaba tras los pilares que sostenían la construcción subterránea. Alto. Entrecano. Estaba traspirando.

Pensaba en Natalia. Desde su compromiso definitivo con Estela, pensaba a veces en ella. La suya era una evocación incómoda. Más que un remordimiento, una molestia. Aquello había sucedido cinco años atrás, cuando los dos eran estudiantes. Y Medina se comportó como el caballero que aprendió a ser. No solo le dio el dinero que reunió con sus clases particulares y su ayudantía en la Universidad, sino que, además, la acompañó personalmente a la clínica, algo que no haría cualquiera en su lugar. Esperó a que ella se repusiera y la llevó luego en un taxi hasta su casa. Cualquier relación entre ellos, luego de lo sucedido, era impensable, lo mismo que alguna palabra durante aquel trayecto, una tarde interminable, fría, sin lluvia. La cara de Natalia, vuelta hacia la ventana, observaba un mundo al que acababan de transformar. Al descender del taxi, frente a su casa, Natalia no se volvió para despedirse, limitándose a darle las gracias. Medina sabía que lloraba, pero no tenía intención alguna de meterse en aquel dolor. Para qué. No. No había esperado su gratitud. Que le diera las gracias era ofensivo, una burla.

Una tarde la llamó para saber cómo estaba, por pura y simple cortesía. Natalia no se puso al teléfono, y mandó a decirle con la empleada que no la llamara más. Se cruzaron un par de veces en la Universidad y se evitaron los dos. De modo que, y salvo el penoso asunto de Natalia, en el cual estaba seguro de haberse comportado como un caballero en todo el sentido de la palabra –por él, nadie lo supo–, no había asunto en su pasado que pudiera considerarse reprochable, feo. Ningún amigo olvidado en la enfermedad o la pobreza. Sus amigos, si cabía calificar de tales a los compañeros de oficina con quienes algunos viernes por la noche salían a recorrer los bares, donde él hacía durar una copa por dos o tres horas, bebiendo mucha mineral, eran, como él, todos sanos y prósperos.

Aunque el gesto de la mujer, ahora que lo pensaba, y mientras sacaba las cosas del automóvil para subirlas a su departamento, demostraba la sospechosa benevolencia de alguien a quien se debe desde hace mucho tiempo algo y se toma su tiempo antes de acudir por ello. Entre la mujer y Natalia existía una relación. La mirada de la primera era la que Natalia le esquivó cinco años atrás, antes de bajar del taxi, y que ahora le devolvía en el rostro de una mujer descuidada que mendigaba ante la caja del supermercado. Descuidada como la propia Natalia.

—Pero... ¿estás segura?

—Absolutamente.

—¿Me quieres decir que no tomas nada?

Así de descuidada.

Si hilaba fino, demasiado fino, podía pensarse en tantas cosas. Podía pensar, además de Natalia, en algún gesto de altanería, en la convicción de merecida fortuna con que iba por la vida. Algo, una deuda estaba aguardando por él en el tintero a ser escrita; una deuda que no era la presencia en los ritos mediante los cuales se agradece y se implora ni la falta de la debida contrición ante los pecados menores, incluido el asunto de Natalia, que era preciso recordar ahora, un asunto que ella aceptó era lo más conveniente para los dos. Era otra cosa. La deuda era la certeza de que nada de lo recibido era un obsequio. Su trabajo, sus bienes, Estela. Había trabajado tanto por todo eso.

Debió soportar la fatigosa cháchara sentimental de Estela para llegar a tenerla. Natalia —otra vez, Natalia— bajó del auto aquella vez luego de decirle gracias, aunque no hubiera nada que agradecer; después de todo fue él quien insistió, con prudencia, ya que Natalia había dudado, incluso después de escuchar las palabras definitivas de él: no sé qué quieres hacer tú, pero yo no lo quiero, Natalia.

Gracias.

Abrió la puerta, usando las dos llaves y entró en la primera habitación del departamento.

Puso las cosas sobre la mesita del teléfono. Un hombre alto, entrecano, debía estar aguardando por él.

Pero no había persona alguna. La sala en orden ofrecía el aspecto de un lugar impersonal, no obstante el pequeño bar, los cuadros mexicanos y las grandes copas de vidrio de color. Al descorrer las cortinas, la luz de la calle bañó el balcón. Se asomó a mirar el destello de la ciudad como la suma de incontables vidas que respiraban, una de las cuales iba por él. Se soltó el nudo de la corbata y desabotonó el cuello de la camisa.

Ulianov visita a su padre

No es jueves, día que Ulianov acostumbra visitar a su padre. Ni domingo. Algunos domingos va a buscarlo por la mañana para que almuerce con él y Mariela, para que disfrute a las niñitas, a quienes don Pedro intenta enseñar el juego de buscar palabras en el diccionario, como *lechón*, *estrella*, *añañuca*.

Es martes. Pero Ulianov no irá al gimnasio. Durante la tarde, y mientras resolvía un complicado cálculo financiero, la imagen de su padre se interpuso perentoriamente entre él y los números, como una nueva incógnita a despejar. Pensó en aquella cara mal afeitada, en el temblor de sus manos al coger la botella de vino o en la vibración de su voz al llamarlo niño.

"Papá", gritó su pensamiento. "Debo ver a papá".

De manera que permaneció en el Banco hasta después de las ocho, sentado frente a la pantalla del computador, con la mirada fija en un documento al cual no había hecho rectificación alguna desde la jornada anterior y cuya demora retardaba todo su trabajo. Luego de mirar la hora en su reloj lo apagó, se despidió de un par de afanosos que permanecían hasta entrada la noche trabajando y bajó al estacionamiento.

Le gustaba –¿de verdad te gusta?, le había preguntado una vez su padre– la sensación de cansancio mortal de aquella hora, especialmente los martes y jueves, cuando no debía partir corriendo a la Universidad y que eran sus dos tardes libres para ir al gimnasio o a la casa de su padre.

¿Por qué, si no es martes, necesita verlo?

Porque papá puede estar enfermo. Porque tal vez está triste. Porque debe sentirse solo.

Visitará a su padre.

Y una cuarta posibilidad. Porque papá puede haberse metido en un lío. De nuevo.

Es verdad que la última vez conversaron, agotaron el tema de las escapadas de él.

—Ya no puedes irte solo al centro, ni mucho menos a aquellas reuniones. El día menos pensado vas a regresar con la cabeza rota. Si es que regresas.

Pero no se podía estar tranquilo con él. El viejo se las traía.

Cuando tuvo que sacarlo de la comisaría, meses atrás, se subió a su automóvil amurrado, dispuesto a no dar ninguna explicación.

No le parecía suficiente, al viejo, con haberlo llamado Ulianov, condenándolo, de esa manera, a todas las suspicacias que debió enfrentar gracias a aquel nombre. Es verdad que, según le explicó un amigo abogado, podía cambiarlo argumentando que era menoscabante, pero aquello habría sido un golpe demasiado fuerte para el viejo.

—¿Menoscabante? —lo podía imaginar—. ¿Menoscabante el nombre de la gran figura de nuestro siglo?

Podría justificarlo haciéndole ver que la gran figura había sido derribada de todas las plazas y sus estatuas fundidas para hacer de aquel material algún objeto de ignominia. Pero puesto que había vivido más de treinta años con aquel sambenito a cuestas, qué podía costarle llevarlo consigo otros treinta. O cuarenta más.

Visitaría a su padre. Su llegada le haría bien, lo distraería. Y le permitiría a él sacarlo de su pensamiento.

La tarde anterior, como hacía los tres días a la semana que visitaba a su padre para hacerse cargo de mantener su casa en un estado distinto del de la pocilga que fue antes de que la contrataran, Eva telefoneó a Ulianov.

—No se preocupe, joven. El caballero está bien.

¿Y si no estaba bien? ¿Y si repentinamente el viejo había hecho una de las suyas?

Como si hubiera sido poco la infancia que debió soportar junto a él, acompañando a su madre a sacarlo de las comisarías cada vez que un grupo de revoltosos hacía de las suyas, el viejo, no obstante la edad, a pesar del giro violento de la historia hacia la derecha, se resistía a bajar su puño de acero.

—¿De veras lo encontró bien?

—Sí, joven.

—¿Se ha tomado las pastillas?

—Sí, joven.

—¿Lo visitó alguien mientras usted hacía el aseo?

—No, joven.

—¿Recibió alguna llamada?

—No, joven.

El peor momento fue, lejos, cierta mañana en que apareció de sorpresa por su casa y al entrar encontró en la sala, sentados con los pies sobre la mesita de centro, a dos muchachos, uno de los cuales limpiaba una subametralladora.

–¿Está usted segura?

A Ulianov, un hombre práctico por encima de todo, le resultaba un buen sistema, aunque algo complicado, el establecido para llevar aquella relación. Cierto es que podría llevarlo a vivir con él. Estaba tan solo el viejo. O conseguirle una habitación en aquellos hogares donde los ancianos comparten el tiempo y disfrutan de la compañía de sus iguales. Pero así, con el viejo habitando todavía la casa de la villa Macul, aunque muy grande ahora para él, se mantenía una ilusión de independencia, y el viejo preservaba aquella sensación tan conveniente de que se las arreglaba solo.

Claro. El viejo no sabía que Eva le entregaba día por medio un informe detallado de sus acciones.

Cada vez que llegaba a verlo, don Pedro estaba regando y esperando por él. Aparecía casi de inmediato –como quien ha pasado la tarde pendiente de la hora– y le sonreía secándose el sudor de la frente con la manga de la camisa. Una sensación inevitable, semejante a la exasperación, lo atacaba ante aquella visión: su padre ocupado en el jardín como todos los viejos del mundo.

Aunque el jardín era una entretención bastante menos peligrosa que insistir en el tema agotado de la revolución.

Aquella vez, cuando Ulianov encontró a los muchachos armados hasta los dientes, don Pedro no solo no le dio la explicación que él creía merecer sino que, además, lo embarcó en una difícil operación de salvamento que consistía en llevar a aquellos dos por la carretera en dirección al sur, dejarlos en un camino vecinal y olvidar luego el asunto como si nunca hubiera visto a esos muchachos y mucho menos los trabucos.

Y le había hecho caso, como cuando era un muchacho y lo mandaba a comprar el pan o a dejar un paquete misterioso a la casa de una mujer o a las oficinas cerradas de una fábrica donde los trabajadores que hacían el turno de la noche lo esperaban junto a la reja, le daban las gracias y un tirón de pelo.

—Buen cabro. Saluda a tu padre de mi parte.

Conduciendo, cuando cayó la noche por la carretera desierta, mucho más lejos de donde en principio los muchachos le dijeron debía dejarlos, Ulianov se preguntaba por qué. Y después regresó hablando, todo el camino, dirigiéndose imaginariamente al viejo, reprochándole que a su edad siguiera portándose como un pendejo.

—Un revolucionario, dirás.

—Un revolucionario pendejo.

—Insolente.

Don Pedro dejaba la manguera y entraba en la casa a buscar las llaves. Estaba acostumbrado a que su hijo lo visitara los jueves además de los sábados o los domingos. Aunque para ambos eran preferidos aquellos encuentros de los jueves porque entonces estaban solos y podían hablar. Es verdad que hablar, en el caso de ellos, era una manera de decir. Lo que don Pedro disfrutaba en aquellas ocasiones era compartir un trago con su hijo mientras afuera se hacía de noche.

—Qué tal, niño —le decía golpeándole el hombro.

Ulianov besaba su mejilla sin afeitar.

A don Pedro lo enorgullecía que, no obstante trabajar en un Banco, trabajaba tanto su muchacho –para qué, para quiénes–, Ulianov siguiera visitándolo con rigurosa periodicidad y que en sus incursiones no acusara cansancio al sentarse frente a él y dejar pasar el tiempo. Le gustaba, también que, no obstante las diferencias de método (así las denominaba don Pedro), coincidiera con él en que ahora, igual o más que antes, cambiar el mundo de raíz era una necesidad.

–Un mundo donde imperen el amor y la solidaridad. No el poder del dinero.

Había –don Pedro estaba consciente de aquel detalle– cierto tono burlesco en la nueva inflexión de su voz al pronunciar la palabra revolución, pero él había advertido un matiz, un doble significado en todos los gestos de Ulianov, su Ulianov. Era rara, entre otras, la nueva costumbre de hablar de pie como un improvisado conferencista, que había advertido en él las últimas reuniones en su casa, cuando también estaban presentes sus amigos de ahora. E inquietante, necesario era reconocerlo, cierta facilidad en tildar de imbécil a demasiada gente.

Una vez adentro, don Pedro iba a la cocina y preparaba para su hijo un vaso de whisky. Sabía que a esa hora Ulianov no bebía otra cosa y que le gustaba con dos cubos de hielo. Escogía para sí un vaso pequeño, de vidrio corriente, y vertía en el interior una medida de la botella de vino abierta.

–Prescripción médica.

Y se sentaban en la terraza.

Durante el último tiempo el tema entre los dos se había ido agotando. Don Pedro preguntaba por las niñitas y por Mariela. Ulianov, y esto alarmaba a su padre, no parecía saber demasiado de ellas. Los fines de semana, cuando ellas lo acompañaban en su visita, eran las ocasiones en que su hijo parecía más ausente, como si su espíritu hubiera quedado en otro lugar. A don Pedro le costaba pensar aquello a través de la palabra espíritu, pues él solo admitía la constancia de la materia, pero sabía también que a lo imperceptible debía mencionársele de alguna manera y espíritu era mejor que alma o que psique.

Si Ulianov lo visitaba realmente, eso sucedía los jueves. Estaba ahí, con los cinco sentidos, aunque sus sentidos estuvieran un poco menguados a causa del trabajo y de los estudios a los que lo forzó la gente del Banco.

–¿Por qué no te niegas a ir a ese curso? Tú ya fuiste a la Universidad. Y tu familia te necesita.

–Porque es sí o sí, viejo. Nadie me está preguntando si quiero hacer el diplomado. Me están diciendo, con sus mejores modales, que puedo tomarlo, pero que si no lo hago me tengo que ir.

–Eso me parece muy raro.

–El Banco no es la empresa de Ferrocarriles, viejo.

Don Pedro no se ofendía con aquella referencia al trabajo que tuvo desde que llegó a Santiago y hasta que jubiló, y gracias al cual educó a su hijo y compró aquella casa por cuyos rincones podía vagar durante las largas jornadas que aprendió a llenar gracias a los detalles que dejaron en ella los que ya no estaban: su mujer y Ulianov. Fue un buen trabajo. Nadie lo obligó a estudiar algo que no quisiera, y cuando lo hizo, fue por su propia decisión y porque don Pedro tuvo y seguía teniendo una voluntad de tren, un enorme animal dispuesto a embestir con lo que se pusiera por delante.

—Estás cansado, niño.

Nadie lo llamaba así. Ni siquiera don Pedro, cuando había alguien presente, aunque se tratara de Mariela. Si don Pedro le decía niño era porque quería hacerlo suyo; aquel apelativo encubría su inútil deseo de devolver el tiempo. Era una triste compensación, una revancha, pero a ninguno de los dos hacía daño. Ulianov seguía llamándolo papá delante de todo el mundo, y viejo, cuando estaban solos. Jamás había dejado de saludarlo con un beso en la mejilla, pero cuando su padre le decía niño, su ánimo se venía abajo de golpe y lo invadía una rabia difícil de contener cuyo destinatario no era don Pedro sino todos los demás, especialmente la puta vida que los había dejado solos en aquella isla.

—¿Te pasa algo?

Debía decírselo. Necesitaba preguntarle si era feliz. En el fondo, aunque no se lo propuso deliberadamente, si se dirigía hasta su casa aquella tarde y no al gimnasio era porque lo acuciaba la urgencia de preguntárselo.

—¿Estás bien, viejo?

La conversación sincera, entre un padre y un hijo —lo sabía por experiencia propia y porque lo había hablado con el geriatra que lo trataba— no era fácil. Se trataba de una barrera difícil de sobrepasar. Aunque no imposible.

El viejo creía que trabajaba demasiado, que debía dedicar más tiempo a las niñas y a su mujer. Y, de pasada, a la causa.

—A cualquier cosa que te saque de tu condición de individuo —le había dicho una vez.

—Es que yo soy un individuo, viejo.

—Eres una persona, muchacho. Nunca lo olvides.

Viejo cabrón. Lo decía mientras manejaba. Así que para ser persona había que andar por las calles gritando con un altoparlante o recibiendo a terroristas en su casa. ¿Para qué? Claro. Para que después el tonto de su hijo los pusiera en algún lugar. No se preocupen, chiquillos, este es Ulianov, mi hijo, él los va a llevar a un sitio seguro.

De manera que, claro, don Pedro tenía razón cuando luego de conocer a Eva —Eva fue con su hijo una mañana de invierno y lo saludó cortésmente estrechando su mano— acusó a Ulianov de haberle instalado una espía en casa.

—Sí, viejo. Quiero que te jubiles de revolucionario.

—Jamás.

—Por lo menos que te jubiles de protector de terroristas.

—No son terroristas.

—Lo que sean, papá. Quiero que te jubiles.

—Un hombre nunca se jubila de la vida.

Viejo cabrón, se decía, aunque el recuerdo de aquello lo hacía sonreír. Porque cuando el viejo hablaba de esa manera, había en él tal dignidad y determinación que, mezclado con un sentimiento de piedad, lo hacía experimentar un orgullo desmedido. Incluso, la memoria de aquel sentimiento le oprimía el pecho, igual que una coraza.

—Si crees que me voy a entregar porque me pones una espía en casa, te equivocas.

—No es una espía, viejo.

—Un hombre nunca se entrega.

–No pretendo que te entregues, papá.

–Un hombre solo se entrega por amor.

De manera que tres de los siete días de la semana, la situación estaba bajo control. Eva se encargaba de ello. Y los otros días él, personalmente se preocupaba de echar una mirada en la casa para verificar que las cosas estaban en orden. Hacía, Ulianov, vista gorda de las publicaciones que su padre recibía o compraba en el quiosco de la avenida Macul, a dos cuadras de su casa y hasta donde su padre se movilizaba todas las mañanas para saber cómo iban las cosas y hablar con el compañero Tagle. Tagle era otro que bien bailaba. Pero Ulianov no podía prohibirle al viejo aquellas juntas. Ya se lo podía imaginar.

–¿Así que Tagle no me conviene?

–No te conviene.

–¿Y de cuándo acá me vas a decir tú a mí qué es lo que me conviene? ¿Acaso yo te prohibí alguna vez que cultivaras una amistad?

–No, viejo...

–La amistad, niño...

Etcétera.

Podía confiar en Eva. Era una mujer madura, seria y de buen carácter. Antes que a don Pedro, había cuidado de la madre de uno de los gerentes del banco. Aquella mujer era el polo opuesto de su padre. Y sin embargo Eva se las arregló con ella tan bien como con don Pedro, porque conforme fue transcurriendo el tiempo, don Pedro dejó de aludir a ella como la espía que me pusiste para llamarla aquella mujer, la señora Eva, la gorda.

Su padre era así.

–¿Y habla con usted, señora Eva?

–Por supuesto. Viera cómo habla.

–¿Y de qué le habla?

–De don Elías. De las salitreras. De usted, joven.

–¿Y de mi mamá?

–De ella casi no habla.

Raro. Porque don Pedro y su mujer fueron de esos matrimonios ejemplares que había antes, cuando las mujeres seguían a los maridos –así gustaba decir a don Pedro– y luchaban junto a él. La madre de Ulianov, doña Victoria (tiene nombre de reina ésta, se burlaba don Pedro) lo acompañó en relegaciones, cesantías, cárceles y apaleos.

Pero el viejo parecía haberla olvidado. Cuando Ulianov mencionaba a su madre, don Pedro, para seguir la conversación la nombraba como la madre de usted, niño.

Y tan preocupado el viejo ahora porque estimaba que él descuidaba a Mariela y a las niñas. Como si él hubiera renunciado a una hora de sindicato o célula por ellos.

Ulianov estuvo a punto de estrellar el vehículo en las esquinas de avenida Macul y Los Plátanos.

–Maneja con cuidado, baboso –le gritó otro conductor, que se dio a la fuga.

Ulianov detuvo el vehículo y comprobó que sus manos estaban temblando.

"Tranquilízate, Ulianov", se dijo.

Ni siquiera un segundo nombre, con el cual encubrir ese. Un nombre cristiano, como el que tenían todos en el banco y antes en la universidad y todavía antes en el colegio y en el *kindergarten*.

–¿Cómo dijo que se llamaba, señor?

–Ulianov. Ulianov Méndez.

–¿Y qué nombre es ese?

–Es ruso.

–Ah. Sus padres deben haber sido comunistas.

Cómo no. Y su padre lo seguía siendo. Si él se descuidaba, el viejo se mandaba a cambiar a alguno de aquellos sindicatos donde se reunían los viejos tercios del Frente Popular en la avenida Vicuña Mackenna. Si dejaba de verlo alguna tarde, recibía a un grupo de asaltantes. O de secuestradores.

Sin ir más lejos, años atrás, cuando secuestraron al hijo de un conocido empresario, Ulianov ingresó a casa de su padre a las dos de la mañana –no pudo esperar al día siguiente– y revisó, pieza por pieza, con el olfato muy atento, la presencia de aquel muchacho.

–¿Y? ¿Tranquilo? –preguntó el viejo.

–Tranquilo. Buenas noches, viejo.

–Buenas noches, niño.

De manera que ahora no estaba dispuesto a ceder.

Detuvo el vehículo frente a la casa. Bajó, cerró las puertas y aseguró el automóvil con la alarma.

–Tanta alarma, digo yo. Como si los ladrones en este país anduvieran en la calle.

–Seguridad, viejo. Seguridad ante todo.

Iba a tocar el timbre, dispuesto a ver aparecer al viejo con la manguera, pero un impulso lo retuvo.

Utilizó su llave, la que le había permitido, aquella vez, sorprender a los muchachos de la subametralladora.

Y entró. Despacio. Avergonzado. Se dirigió silenciosamente a la sala de estar, donde en el viejo tocadiscos sonaba un tango, aquel que su padre ya no cantaba porque había ido perdiendo la voz de antes: *Hoy sos toda una bacana, la vida...*

Se dirigió, por el pasillo hasta el dormitorio.

Y empujó la puerta.

Cuántas veces había pensado, imaginado un instante como ese; abrir la puerta del dormitorio y encontrarlo muerto, dormido en un sueño sin retorno ni dolor.

Pero don Pedro estaba vivo. El leve ronroneo de su siesta era un signo vital. También lo era el calor que despedía aquella habitación. Y el rostro sonrosado de Eva, también dormida, en los brazos de él.

Agujeros negros

Los dos hermanos, sentados con corrección ante sus puestos de trabajo en un extremo de la larga mesa de comedor, aguardaban a que la señorita Sara terminara de quitarse la bufanda. La señorita Sara era lenta y cruel en el rito de preludiar la clase, y parecía deliberada la demora en llegar al minuto fatídico de la pregunta que reemplazaba cualquier forma de saludo y que estaba siempre cargada de un satisfecho desprecio hacia ellos.

–¿Han hecho los ejercicios?

Se quitaba primero el abrigo, luego los guantes, desenfundando con calma cada uno de los dedos, y enseguida resoplaba al echarse el cabello largo por encima de la cabeza, como si fuera aquella abundante mata de pelos entrecanos la causante del calor que llevaba por dentro y no toda la ropa que dejaba en una ordenada pirámide.

Y antes de comenzar, todavía faltaba el minuto en que calentaba sus manos frotándolas cerca de la estufa.

Realizaba aquella introducción con cierta espectacularidad de obertura. Alguna vez el hermano la subrayó con un sigiloso movimiento de manos. Ya desentumecidos los dedos, el brazo castigador estaba en condiciones de barrer los cuadernos de encima de la mesa como echando también abajo cualquier programa de estudios que no fuera el suyo, el que ella traía preparado para aquella mañana, un plan que jamás coincidiría con los deseos de los hermanos.

A veces simulaba haber olvidado el puntero, pero ellos sabían que aquel fingimiento era una demostración más de su natural perversidad, un elemento nuevo de sus variadas técnicas de combate, de las que se valía para sorprenderlos en la credulidad de la cual ellos comenzaron a desprenderse tiempo atrás, luego de las primeras palizas, de los repetidos insultos a que la señorita Sara los sometió para que aprendieran las tablas de multiplicar, las palabras esdrújulas y la duración de un silencio de corchea. Ya no iba a sorprenderlos, parecían decirse los hermanos en sus puestos.

La hermana era cuidadosa y se presentaba siempre con las uñas limpias. En su condición de mayor, y siguiendo las recomendaciones hechas por su madre antes de salir de viaje para acompañar al señor, tenía también la cautela de mirar en el interior de las orejas de su hermano pequeño, previendo con ello que al examen de rutina de la señorita Sara saltaran los vestigios de oscuras secreciones que el chico expulsaba a través de la piel o los agujeros repartidos en el cuerpo.

La señorita Sara era diestra en percibir olores, y muy sensible a las mucosidades del hermano, las que asociaba inevitablemente con la idea de corrupción. Qué importaba que vinieran de un niño.

A pesar de los esfuerzos de la hermana en cuidar con eficiencia de su propia presentación, aquella mañana la revisión dejó al descubierto, en los puños de su blusa blanca, una fina línea oscura. La señorita Sara levantó el tejido del chaleco y miró directamente la tela del puño por el revés, como si estuviera informada ya de lo que iba a encontrar. La hermana permaneció rígida frente a ella, con los ojos muy abiertos que parecían haber clavado una mirada en el techo de la habitación de estudio. La bofetada, sin embargo, la sorprendió por el lado izquierdo, y aún no terminaba de reponerse cuando un segundo golpe le volvió la cara a la posición inicial.

–Lo siento –dijo.

–¿Y de qué te ríes si lo sientes? –preguntó la señorita Sara.

–Lo siento –volvió a decir.

Un olor a coliflores llenaba la casa. El hermano lamentaba que la mujer de la cocina jamás tuviera el cuidado de cerrar la puerta y lo condenara así a estudiar las tablas con aquella sensación que pasaba desde su nariz a la boca del estómago. Como cada vez que aquel olor invadía la habitación de estudio, sintió el casi incontenible deseo de devolver y comenzó a hacer arcadas. Pero entonces la actitud de la señorita Sara –ella sabía, ella adivinaba– le advirtió. Lo amenazó sin mirarlo, dejando simplemente el puntero sobre la mesa y volviendo la cabeza hacia un rincón donde no había nada que ver. El hermano comprendía el significado de aquel gesto. La señorita Sara le decía, mediante su propio sistema de signos que los dos conocían: anda, devuelve tu asqueroso estómago si quieres; te lo haré tragar. La señorita Sara, aun cuando no hablaba, amenazaba con absoluta seriedad; el hermano estaba seguro de que no dudaría en meterle la boca en el vómito, de la misma manera que la muchacha de la cocina enseñó al gato a no orinarse adentro de la casa, hundiéndole el hocico en los meados.

La señorita Sara estornudó y se llevó a la nariz un pañuelo con blondas. Era el momento de comenzar con las tareas de la hermana. El muchacho expresó un sentimiento de alivio que bloqueó, momentáneamente, las ganas de devolver.

La hermana estaba nuevamente de pie y permanecía junto a la señorita Sara mientras ésta revisaba las páginas de su cuaderno.

–¿Qué número es este?

–Un cinco.

En su voz no había atisbo de vacilación. Era un sonido educado en el rigor, capaz de mantenerse entero a pesar del miedo que hacía titubear la boca que lo pronunciaba.

–¿Y este otro? ¿Qué número es?

–Un seis.

La hermana volvió leve la cabeza hacia el hermano, que desvió la mirada hacia un punto de la sala, lejos de los dos. En las comisuras de los labios de ella, un músculo se movía de manera imperceptible para cualquiera (la sala estaba más bien a oscuras, era un día nublado, había gruesas cortinas en las ventanas y la luz no orientaba suficientemente el sentido de ciertos gestos), pero no para la señorita Sara.

–¿Por qué sonríes?

El hermano intervino, desde su puesto.

–Porque hizo bien la tarea.

Pero había otro motivo. Durante las primeras lecciones, y cuando los hermanos abrigaban la pretensión de ganar a la señorita Sara para su causa, le informaron del fenómeno de los agujeros en la pieza de arriba, donde se guardaban los muebles que fueron alguna vez de los abuelos, retratos de familiares desconocidos y ciertas cosas que la madre fue depositando ahí para dejar espacio a las modernas adquisiciones que hizo el señor. La señorita Sara no hizo caso entonces de aquellas demostraciones de amistad. A su manera, los hermanos ofrecieron a la recién llegada las preciosas piedras de su reino. A su modo, la señorita Sara respondió a aquel ofrecimiento con un tiro de arcabuz. No estaba ahí para convertirse en la confidente de aquellos niños. Al contratar sus servicios, el señor habló de sometimiento, y la señora, la madre, asintió. Desde las primeras lecciones, en consecuencia, la señorita Sara dio muestras de no sentir afecto alguno hacia ellos y de permanecer en aquella casa con el solo propósito de hacer de ellos personas disciplinadas y buenos estudiantes, único punto débil de la familia, según manifestó entonces el señor y corroboró la madre.

La hermana sonreía porque el agujero negro sí existía, lo mismo que el retrato del hombre con bigotes y largas patillas que era su padre. A veces estaba un poco oculto bajo el polvo. Ni la muchacha, ni su madre ni el señor subían al tercer piso, de manera que el polvo se acumulaba ahí sobre las superficies como una capa que ellos podían rayar, su propio territorio.

–¿Qué número es este? ¿Cuánto da nueve por nueve si nueve por diez es igual a noventa?

La señorita estaba perdiendo la paciencia.

–A ver, señorita burra.

A la hermana le gustaba la palabra naranja, y cada vez que la señorita Sara la asediaba con la solución de algún problema de matemáticas, ella pensaba en desgajar aquella palabra, y su mente respondía entonces silabeándola como si al mismo tiempo hincara sus uñas en una de verdad, que se deshacía en hilachas secas como la señorita Sara, naranja seca.

—Está bien. Seguiremos después. Anda a cambiarte la ropa.

La hermana salió apurando sus pasos cortos que apenas sonaban sobre la madera de la sala. Volvió, minutos después, abrochándose los puños de una blusa blanca inmaculada, y antes de sentarse en su lugar, echó una mirada de reojo a su cuaderno rayado con los gruesos trazos de pasta roja que la señorita Sara había hecho sobre los desafortunados dígitos que su mano escribió antes.

El hermano pidió entonces permiso para ir al baño. Antes de salir, aprovechando el instante en que la señorita Sara se sonaba la nariz con el pañuelo con blondas, dirigió una mirada a la hermana.

La señorita Sara escuchó sus pasos alejándose del comedor y se quedó aguardando por el ruido de la puerta del baño al cerrarse. El silencio doblegó su gesto de perplejidad. Salió al pasillo y la hermana la siguió.

—¿Dónde ha ido?

No se volvió para formular aquella pregunta. Y la hermana tampoco contestó.

Se dirigieron a la cocina, donde las coliflores terminaban de cocerse solas en el interior de un caldero negro.

—¿Dónde está la muchacha?

La señorita Sara comenzó a hablar. Lo hacía en voz alta aunque se trataba solo de la exteriorización de su pensamiento, que no tenía interés en compartir. La hermana la escuchaba un paso más atrás. Salieron de la cocina y fueron a ver en la pieza que la madre de los niños compartía con el señor. El cubrecama de color oro estaba bien extendido, sin arrugas. La señorita Sara se detuvo ante una fotografía donde la madre y el señor aparecían sonriendo con un paisaje de nieve a sus espaldas. Junto a la fotografía, sobre la mesita con el espejo, ante el que la bonita madre se sentaba todas las mañanas a dibujar su cara con una colección de lápices de colores, había una hilera de botellas de perfumes. La hermana advirtió en la vieja señorita el deseo casi irrefrenable de coger una y oler su contenido, pero no lo hizo. Abrieron el clóset, el vestidor, y comenzaron a llamar al hermano por su nombre.

Las voces de las dos sonaban dentro de la casa, rebotando en los muros con un eco de sitio vacío.

La señorita cogió a la hermana por un brazo y la hizo caminar hasta el fondo del pasillo, donde nacía la escala hacia el cuarto del tercer piso.

La hermana retrocedió. Comenzaba a detener su paso, despacio primero y en seguida con decisión. Fue tal vez su ánimo, el explícito temor ante el ascenso, lo que resolvió a la señorita Sara a proseguir por la escala llevándola casi a rastras. El pasillo era oscuro. Las tablas crujían bajo las pisadas de las dos. Conforme se acercaban a la tercera planta, la voz de la señorita Sara se hizo más gruesa, cargándose de amenazas.

Llegaron al último escalón. Del otro lado de la puerta que les cerraba el acceso, a través de una trizadura de la madera, se divisaba un hilo de luz.

–Entra.

La hermana obedeció. Al empujar la puerta, evitando tocar el picaporte, se produjo un sonido.

Un gran destello de luz. El lugar estaba sucio. El polvo flotaba en la habitación.

–Niño. Sé que estás aquí.

La gran mata de cabellos de la señorita recortaba su silueta contra una ventana rota.

Y bajo ella, el agujero, o uno de los agujeros sobre los que los pies de los hermanos podían desplazarse sin caer.

No tuvo tiempo de gritar la señorita Sara.

El hermano salió del cuarto y volvió, minutos después con las cosas de ella. Con lentitud las fueron arrojando, deshaciendo la pirámide: el abrigo, los guantes, el puntero. La vieja estrategia aprendida en cada uno de sus detalles, estudiada y conjurada. Estaban felices los hermanos. Y el señor de bigotes y las largas patillas, el que ahora sonreía desde el muro.

Lecciones de filosofía

Dieron la noticia cuando iba de la cama a la cocina por un poco de agua. Estaba abriendo la llave y escuché –el aparato funcionaba a todo volumen–: *Una pareja, ancianos los dos, encontrada muerta después de varios días en su departamento de la Villa Los Presidentes.*

Hay ciertos nombres que están ligados a nuestro pasado con nudos de acero. Con la Villa Los Presidentes ocurre algo así.

Decir Villa Los Presidentes es hablar de aquella primavera del ochenta y dos.

Y del parque, a lo largo de varias cuadras de la avenida Grecia.

De los negocios, donde uno podía comprar cigarrillos, paquetes de mermelada, panes de mantequilla.

No eran negocios propiamente tales, sino kioscos, como los de diario, pero más grandes, parecidos a los que están a la salida de los hospitales.

De manera que un par de ancianos solos, que vivían en un cuarto piso.

Imaginé a las personas del servicio bajando los cuerpos por las escaleras abiertas..., a la gente esperando junto a la entrada del bloque de departamentos.

Me había llevado el vaso a la boca cuando, ya de regreso a la habitación, reconocí, en las imágenes del noticiero, el edificio.

Se trataba del mismo lugar.

"Lo que son las coincidencias", me dije, metiéndome a la cama. Entre las ropas desordenadas estaba el diario, un cenicero con colillas, la cuenta del teléfono, un maletín con los libros que llevaba para no aburrirme por las noches en lo de don Sergio.

Podía tratarse de cualquiera otro de los bloques de departamentos; eran iguales, habían sido diseñados para una supuesta uniformidad de vidas.

Pero yo estaba seguro de que no era ninguno de los otros edificios sino el mío, aquel donde viví muchos años atrás. Y que el departamento donde encontraron a la pareja de ancianos era el que yo ocupé alguna vez, cuando fui feliz, o no sé, pero la memoria me refiere aquel lugar como de momentos felices que tal vez no fueron sino buenos momentos, o ni eso, tiempos que recuerdo porque pasaron y uno los alimenta así, para mantener vivo algo que a contrapelo muere, conforme transcurre la vida.

Aunque debía dormir –se trataba de una necesidad fisiológica de cuya satisfacción dependía que a la noche siguiente pudiera velar el sueño de don Sergio–, no conseguí hacerlo.

Apagué el televisor y la luz. Me quedé con los ojos abiertos y las manos entrelazadas bajo la nuca, escuchando los ruidos del anochecer, agazapados en un rincón de mi mente sobre la que comenzaban a transitar, junto a los hechos que mi recuerdo resucitaba, las siluetas de dos cuerpos que eran sacados de mi departamento.

Estaba la luz, al final de la escalera, protegida con una armadura de alambres contra robos y pedradas; mientras viví en aquel lugar hubo que reponer o cambiar las ampolletas varias veces; los vecinos de los cuatro departamentos de aquel piso nos turnábamos: "La última vez la puse yo, ahora le toca a la gente del cuatrocientos dos". Y saliendo de la escalera, a mano izquierda, en la puerta del mismo sentido, la mía.

La puerta del departamento del que los sacaron a ellos.

Según vecinos, la ausencia de la pareja durante los últimos días y el intenso olor que salía del departamento, los hicieron sospechar y llamar a la policía.

Mientras el lector de noticias decía aquellas palabras, las imágenes mostraban mi edificio y, en una vista fugaz, la ventana del que fue mi dormitorio.

Así que, como tenía la mañana siguiente libre, me acerqué a aquel lugar. El barrio estaba cambiado. Me fui caminando desde la avenida Macul; recorrí aquellas largas cuadras del parque filosofando, como hacemos todos alguna vez; pensando a secas, sin emociones; sabía que estas vendrían después, cuando traspusiera la escalera de aquel cuarto piso, al enfrentar aquella puerta, en el instante en que mi mano, luego de quitar el sello de clausura dejado por la policía, introdujera la llave en la cerradura.

Que una pareja de ancianos muera sola en un departamento de condición modesta, en el vecindario en que cohabita, desprovisto de afeites, no sorprende.

"Vaya mundo en que se ha convertido esta cuestión", filosofaba caminando cada vez menos aprisa, como si algo en mí resistiera aquel paso que era, como todos aquellos que damos al pasado, un salto al vacío.

Hasta que me detuve a la altura en que debía abandonar el parque y entrar en lo que era el vecindario, los espacios interiores entre los edificios y los vehículos estacionados en cualquier lugar, los juegos infantiles, algún columpio sin tablas, un resbalín lustroso.

Me detuve y observé, primero de lejos, el bloque, mi bloque.

Decir Villa Los Presidentes es referir la juventud que uno cree jamás lo abandonará, mencionar la noche en que ella llegó hasta mi puerta, suplicando que la dejara quedarse porque la seguían. O hablar de los días que siguieron, cuando cada tarde, al volver del Hospital la encontré ahí, a la entrada de la cocina. "¡Adivina lo que te he preparado!" O cerca de la ventana, observando sin ser vista. Yo sabía que contaba las horas para irse, para dejar mi casa. "Esta es tu casa", le dije cuando llegó; "puedes quedarte el tiempo que necesites". "No puedo", refutó.

El periódico de la mañana no había aportado más detalles a los entregados por la voz del presentador fuera de cámara, que quitaba a las imágenes, con su consabido tono profesional, lo extraordinario de una pareja de ancianos muertos en su departamento.

El caballero era jubilado. Y ella tenía artritis, así que salía muy de tarde en tarde de la casa. Estaban adeudando un par de años a los gastos del edificio, lo que se necesitaba para asear las escaleras, el pasillo de la entrada y hacer retirar la basura que caía en un fondo común, en el interior de una sala que apestaba porque al aseador no le pagaban tanto como para que se tomara el trabajo adicional de limpiar aquel lugar.

Un fuerte olor a basura subía hacia los pisos superiores.

¿Estaría aún el de los cuerpos?

Había quedado en pasar, por la tarde, a casa de mi hermana. Hacía tiempo con ella hasta poco antes de las ocho, que era cuando debía llegar a lo de don Sergio.

Don Sergio se había sobresaltado la última vez, cuando le leía uno de los capítulos finales de la primera parte de *El Quijote*.

"Frestón", dijo en una mala lengua que solo yo era capaz de entender, porque nos unía aquella lectura de varias jornadas, que yo debía retomar cuando, durante las noches que me tocaba el turno, escuchaba su voz traposa e insomne.

–Oye, léeme.

O bien:

–Oye, sé que estás ahí, prende la luz.

Pero debía volver a aquel lugar antes de ir a lo de mi hermana. Tal vez para poder contarle: "¿Te acuerdas de la época en que yo viví en la villa Los Presidentes?" O bien: "¿Escuchaste la noticia de los ancianos muertos?" O si no: "Ha vuelto, el pasado ha dado signos de que sigue vivo. Ha muerto una pareja de ancianos para demostrarlo".

Pero jamás habría dicho esto último a mi hermana. Me lo decía a mí, mientras filosofaba, en tanto avistaba una ventana que ahora se me antojaba insignificante, el gris de una construcción ya muy antigua, el entorno que, sin embargo, sin embargo...

Y qué hablar del invierno aquel, el del ochenta y dos. El temporal anegó las calles, desbordó el río, lejos de nuestro barrio. Una noche el viento rompió uno de los vidrios grandes de la sala y el agua entró hasta la mitad de aquella habitación, mientras tomábamos té, antes de irnos a la cama, ella a la suya, en mi dormitorio, que le dejé para que estuviera más cómoda. Parecía haber pasado semanas sin dormir sobre una cama cuando llegó. Y atemorizada; aunque un brillo temible le iluminaba los ojos. No he vuelto a ver ojos así de oscuros.

–Oye, léeme una poesía.

Don Sergio pronuncia esta última palabra como si requiriera un gran ejercicio de músculos, tal vez como debe decirse el lenguaje que enseñamos a otros.

Debía regresar a aquel lugar porque la muerte de aquella pareja de ancianos era un llamado. Alguien me estaba llamando.

Aunque yo no conseguía avanzar.

Por una extraña coincidencia, habrían muerto ambos a horas similares de una causa no provocada. Y alertaría, a quienes a veces filosofamos, acerca de la existencia de vínculos tan fuertes como el acero, los que unen al pasado a quienes estamos solos.

–Oye, ¿qué estás leyendo?

–Poemas, don Sergio. ¿Quiere que le lea?

–No. Quiero que apagues la luz.

Vamos, me dije como una manera de agarrar valor. ¿Es que temes al lugar donde ha muerto una pareja de ancianos? ¿A qué temes, en realidad?

Por supuesto que sí. Tenía miedo. De todas las maneras posibles de abordar aquel antiguo problema de filosofía había escogido la más difícil, aunque esto no constituye una novedad. Siempre he sido así; una persona que ignora el camino recto, el que va de un lugar a otro recorriendo el menor número de sitios, el más seguro, a la larga.

Porque podía haber aguardado el entierro para acercarme a la iglesia donde los iban a llevar, confundirme entre la gente y así, entre comentarios y conversaciones percibidos de oídas –pobrecitos, tan solos; al caballero no hace ni una semana que lo vi regresando con el diario–, obtener un poco de la información que necesitaba; el tiempo que llevaban viviendo en aquel departamento y si alguien los había visitado, si estaba todavía el papel mural con flores anaranjadas en la sala.

Aunque ¿cómo iba a estar aún? ¿Es que alguien que no fuera yo podía sentarse a descansar después del turno en el hospital en un lugar así?

Me disculpé por aquel papel. "Un día lo voy a cambiar", dije. Carraspeé. Pero a ella no le importaba el papel ni el lugar. Nada parecía importarle demasiado. Tampoco yo, a pesar de que una vez, cuando retiraba la mesa, cogiéndome la muñeca dijo: "Oye –igual que don Sergio–, oye, gracias, de verdad".

Sospechaba que seguía ahí, y hasta más violentamente anaranjado. Solía dejar las cortinas descorridas para, al acercarme al edificio desde la parada de buses, observar aquella muralla a través del ventanal de la sala, el muro de mi casa, de mi lugar.

El sitio que perdí, desde el que fui expulsado como un perro, a patadas.

Es solo una manera de decir.

Podía aproximarme a la gente de la calle haciéndome el periodista para sacarles alguna información.

–¿Periodista usted?

Contaba con aquello. No iba a sorprender a esas personas. Ya no podía engañar a nadie.

Hay momentos en que uno pierde credibilidad.

Sentí sed, como la noche anterior, cuando desperté con el sonido del noticiero de las nueve luego de dormir una de esas siestas que vienen en cualquier lugar, y necesité un vaso de agua.

De manera que me acerqué a un kiosco que era nuevo o que, en todo caso, no estaba en la época en que yo vivía ahí.

Y pedí una botella de agua.

El hombre que atendía estaba aburrido o era un parlanchín, porque mientras yo bebía de mi botella, con un codo apoyado sobre el mostrador, como si se tratara de la barra de un bar del que era antiguo parroquiano, comenzó a hablar.

–¿Supo?

Como si me conociera. O si eso de acercarme a comprarle una botella de agua fuera cosa de todos los días, el eslabón de un vínculo entre nosotros.

–¿Lo de don... cómo se llamaba?

–Don Pedro, y su señora Eugenia. Triste, ¿no?

–Triste.

Dijo que se había preguntado, días atrás, si don Pedro estaría enfermo. Porque siempre bajaba a comprarle, poca cosa, es verdad; don Pedro era pensionado. Y en fin, hubo una tarde en que entró y cerró la puerta por última vez.

La que yo debía abrir. Mi mano sostenía la llave desde mucho antes de llegar ante el edificio; ya a la bajada del bus rozaba aquel pedazo de metal trabajado para traspasar ciertos lugares clausurados.

—Y tan solos. La vecina que vive al frente dice que nunca alguien los visitó, y eso que vivieron ahí cerca de veinte años. La vecina del frente nos va a dejar pronto también; este se ha vuelto un lugar de viejos, por el que la muerte transita igual que Pedro por su casa.

Veinte años, el tiempo transcurrido desde que yo dejé el departamento. ¿Era, entonces, un pensamiento absurdo suponer que el papel estaría aún cubriendo aquel muro? ¿O ridículo imaginar que mi llave descerrajaría aquella puerta?

—Aunque, en honor a la verdad –siguió el hombre del kiosco–, ese edificio estaba como maldito.

—¿A qué se refiere?

—A los dos viejos, claro está.

—Ah. Eso.

—Y a la muchacha. Pero eso fue hace unos veinte años. Creo que vivió en el mismo departamento que ocuparon los viejos. Vivió ahí un tiempo, con un hombre mayor, que se fue después de que ella partió

Lo incomprensible era que aún conservara la llave y que me hubiera sido tan fácil encontrarla por la mañana. Lo increíble era, también, que el hombre no reconociera en mí a un antiguo vecino del barrio. Quizá la llave había estado aguardando, con paciencia de años, a que yo la rescatara de su destino de cosa inútil y la volviera a la vida. Tal vez el vecino había entregado la misma dosis de paciencia en olvidar.

–La sentimos llamarlo. Desde la puerta del edificio. Escuchamos los pasos de quienes la seguían. Pedía auxilio. Lo llamaba a él por su nombre. Un nombre que he olvidado. Finalmente le dieron alcance a la altura del segundo piso. La remataron ahí. En el descanso de la escalera. Y nadie salió a recogerla, aunque, claro, todos suponíamos que había una chica muerta o, peor, malherida, en la escala. Eran tiempos violentos. Eran tiempos duros. Uno se alegra de que hayan quedado atrás. Uno piensa que esas cosas nunca más van a suceder. Y qué sabe uno.

El hombre se quedó mirando las manos, unidas sobre el mesón. Alzó los ojos. Me observó directamente a los ojos.

–Usted es él. ¿verdad?

Negué con la cabeza. Pagué el agua. Si en lugar de aquella bebida hubiera escanciado desde aquella botella una buena porción de licor, mi fortaleza no sería nunca superior a la de aquella vez, cuando me aproximé al edificio, crucé el umbral y comencé a subir un piso, dos... Los mismos pasillos oscuros a plena luz del día, los pasamanos de la escalera picoteados, los muros escritos: *pico*, *Juan y María*.

Dos pisos y ahí estaba el descanso. Sobre los muros alguien había echado una gruesa capa de pintura para borrar las huellas. Luego tres pisos. A pesar del tiempo aún podía saltarme un escalón, arribar las piernas igual que a animales bien enseñados, un poco más.

Y al fin, cuatro.

A mano izquierda, y en el mismo sentido, la puerta.

¿Persistiría el olor?

¿Persistiríamos los seres humanos?, filosofé. ¿O seríamos como el olor, un simple gas que se volatiliza?

Me invadió un mareo. De manera que debí sujetarme del pasamanos y respirar hondo, tranquilo, dándome tiempo, según le decía a don Sergio cuando lo ayudaba con la bigotera del oxígeno.

—Baje la cabeza, don Sergio. Despacio. Écheme los brazos al hombro, don Sergio. Tranquilo, tranquilo. Así, don Sergio. Lo está haciendo muy bien.

La policía acordonó el lugar cuando los sacaron; después retiraron las cuerdas y dejaron los sellos.

Pero yo rompería aquellos sellos.

Y abriría la puerta.

Sentiría el olor de una taza de café recién servida. Escucharía una voz pronunciando mi nombre con una entonación de pregunta.

Los encontraría, también a ella, sentados a la mesa en la sala donde la muralla continuaría exhibiendo el viejo papel mural.

Una mesa con un lugar que espera a alguien, mi sitio ante un plato de comida y un vaso de vino, junto a un trozo de pan fresco ante la sonrisa de ellos.

La mirada de ella repararía en mí como si hubiera salido de casa solo ayer. Se dirigiría a la mujer, la vieja: "Le dije que vendría; a veces viene tarde, por lo de los turnos, pero siempre regresa".

Siempre regresé, por si ella alguna vez llamaba de nuevo a mi puerta, para que supiera dónde encontrarme si tenía, otra vez, el miedo de entonces.

¿Por qué no iba a volver?, filosofé.

"Probemos", me dije, introduciendo la llave en la cerradura.

–Oye. Dame vuelta y apaga la luz –dice don Sergio.

El sexto sentido de los tristes

Reparó en ella porque leía un libro de Onetti,
en una de esas ediciones antiguas que ya no se
encuentran sino en librerías de viejo (él sabía de
eso; iba siempre por el barrio San Diego y entraba
al azar en alguna de sus librerías). Y porque escuchaba algo en su equipo de música. También porque de pronto ella cerró el libro, lo dejó sobre sus
rodillas y se quedó mirándolo. Y hubo entonces,
entre los dos, un rápido intercambio de intenciones. Eso pareció; que repentinamente ella adivinaba en él alguna de sus andanzas por la ciudad y
lo veía entrar en una fuente de soda y beberse una
cerveza sentado cerca de la barra en una mesa con
cubierta de formalita. O que la inteligencia de ella
era capaz de descifrar a partir de su rostro al hombre agazapado, al verdadero, así como él advertía
en ella la imagen de una muchacha que despertaba con lentitud, molesta de tener que enfrentarse
a la vida una vez más.

No fueron motivo de atención para él ni el
mechón de pelo verde que le caía sobre un ojo ni
los labios pintados de negro. Tampoco las dos ar-
gollas pequeñas que abrazaban una de sus aletas
nasales, y que eran lo que toda la gente veía de
ella, lo que ella sabía provocaba de su aspecto. Se
los había hecho poner por eso, para convocar la
insistencia de las miradas sobre el ser que era

en la superficie, una igual a cualquiera, protegida por el juego de los disfraces.

Salió tras de ella cuando el tren se detuvo en la estación Santa Lucía. Siguió sus pasos, que eran rápidos, como los de alguien que lleva prisa, aunque ella no parecía apurada, no por la dedicación con que la había visto volver las hojas del libro, con un gesto de sostenida entrega, ni por la demora al levantar la cabeza cuando el tren ingresó en la estación, tardando un momento en reconocer el nombre de ésta, arrugados los ojos como hacen los miopes cuando no llevan puestos sus anteojos, para luego coger la correa de la cartera, alzar los libros con un brazo (había algo junto a Onetti, luego sabría que se trataba de Eyzaguirre, un historiador) y levantarse buscando donde apoyar la mano y diciendo, entre otros a él, permiso.

Al llegar a la escala, uno de los audífonos se desprendió y ella se detuvo, los dedos sobre la baranda y un pie ya sobre el primer escalón, para acomodarlo otra vez en la oreja derecha. Debió afirmar los libros con el codo, un trabajo complicado.

Él vestía un casacón, jeans azules y bototos de seguridad. Sin corbata ni camisa. Una polera negra –después ella sabría que llevaba un estampado pequeño, con una marca de cigarrillos que no se venden en el país a la altura de la tetilla izquierda– completaba su vestimenta, la apariencia de uno más.

Lo que ella escuchaba era una selección de Serrat; la había grabado su madre e incluía, entre otras cosas, el "Autorretrato de Machado", "Aquellas pequeñas cosas" y "Utopía". Y mientras acomodaba el audífono en el interior de su oreja, se divertía pensando en el hombre detenido detrás de ella, que aparentaba mirar el mural de la estación preguntándose qué escuchaba. Pues su lectura la conocía: Onetti, que es decir el doctor Díaz Grey y toda aquella tristeza que ella podía compatibilizar con Serrat solo porque enmudecía el equipo de música cuando retomaba el libro en lugares como el vagón del metro, la cola de un Banco o la antesala de un médico (el doctor Díaz Salas) donde se sentó aquella mañana muy temprano a la espera de confirmar lo que sospechaba.

Él no podía imaginar que la muchacha que seguía –sin propósito al principio, solo el deseo calmo y desinteresado de verla caminar un rato y después, a lo mejor, abordarla para saber cómo era su voz, qué decía, para ratificar que como él suponía escuchaba alguna pieza de piano solo porque él, cuando leía a Onetti, aunque hacía mucho tiempo desde el último libro suyo, escuchaba preferentemente a Satie– llevaba en sus venas la herida de la muerte, por ahora solo como un signo positivo, registrado en un documento; más tarde, tal vez, una palidez repentina, el surco de una arruga en un lugar incomprensible, una herida de amor, vísceras del sentimiento que la unió con la precariedad de los solitarios a un hombre que trazó aquella herida con sus dedos, con el fluido que días después aún goteaba por entre sus piernas como restos de una lava fría. Para él solo era una muchacha que todavía no llegaba a los veinte, enfrascada en una lectura con cuyo centro no podría dar por ahora. Porque para llegar a lo que Onetti decía eran necesarios mucha historia y dolor real. Porque para Onetti había que estar, por ejemplo, bajo su piel. Y sin embargo él debía; no, deseaba seguirla por las escaleras y luego por el acceso norte de la estación, el que da frente a la Biblioteca Nacional.

La seguía sin propósito. Y ella adivinaba sus pasos detrás y aguardaba el momento en que la tomara por el brazo y con alguna excusa le permitiera conocer su voz, que imaginaba grave y lenta, como la que escuchaba algunas noches a través de los audífonos, adormilada en la oscuridad de su habitación pero atenta a cualquier sonido que viniera desde la entrada del departamento, cuando su madre regresaba acompañada de alguien a quien ella no tenía interés en conocer y que muy luego se iba dejando a su madre un rato en la sala antes de irse a la cama, acompañada de aquella selección personal de Serrat, la que ella tomó por la mañana de encima del equipo de música para escucharla mientras esperaba al doctor Díaz Salas, para intentar así la comprensión de los silencios de su madre cuando se dirigía al baño o regresaba desde la cocina llevándole la bandeja con el desayuno. Una voz que desde el otro lado de una línea telefónica la habría hecho imaginar a un hombre semejante al que era; algo grueso, mayor de treinta, bastante calvo, con una barba razonablemente atendida, alguien que antes de salir de su casa aquella mañana tuvo un gesto, la dedicación de ajustarse el casacón de antílope a la cintura y alisarlo desde los hombros para darle un color uniforme. El casacón era nuevo; el hombre le había dado muchas vueltas a la idea antes de decidirse a comprarlo, y si lo hizo al fin fue porque consideró aquella una manera de recompensarse por las últimas adversidades, si se les podía llamar de esa manera.

No le dijo: "Yo te conozco". No preguntó por alguna calle o librería ni cogió su brazo para hablarle. El roce de su codo fue percibido por ella como una primera inclinación. Ella no iba muy abrigada;

encima de la blusa se había echado un chaleco gris que tenía cuello y puños de piel sintética. Volvió su cuerpo hacia él en el momento en que la voz de Serrat emitía una última vibración. Metió la mano en el interior del bolso y, de memoria, su dedo pulgar presionó la tecla que hizo enmudecer la canción. Ignorante de aquel primer llamado, comenzó a subir la extensa escalinata de acceso a la Biblioteca.

–Necesito saber lo que escuchas.

Ya estaban adentro, en la gran antesala de distribución. Ella sonrió quitándose los audífonos. Sin apurar la respuesta, se dio el tiempo necesario para enrollar el cordón alrededor de su mano izquierda y volver a ponerlo adentro de su bolso.

–Escucho a Serrat.

La cara de él expresó un rápido desencanto. Luego su voz, que era grave, lenta, pareció demostrar una recuperada ilusión:

–Habría sido demasiada coincidencia.

–¿Qué escucha usted cuando lee a Onetti?

Ella comprendía. Ella supo desde un principio el sentido de su llamado. Advirtió que él atendía a su lectura, que había signos, aparentemente insignificantes, que estrechaban a las personas más allá del roce de sus cuerpos entre la multitud que contiene un vagón subterráneo en un momento cualquiera y que en consecuencia la soledad, lo mismo que el encuentro, eran una cuestión ilusoria.

–No creo que sea bueno para ti leer a Onetti. No ahora. Es muy triste.

Estaban detenidos en la antesala. El rostro de ella se había vuelto hacia la Alameda. Sus labios se debatían en una mueca, como si reprimieran un gesto de dolor, y aquel trabajo era demasiado para su fragilidad, aunque no conseguía engañar al hombre. La mano de él cogió entre los dedos el mechón verde de su cabello.

–¿Qué sabe usted lo que es bueno para mí?

Se rebelaba. El hombre imaginó cuántas veces antes aquel gesto de dureza había espantado la aproximación de alguien que quería entrar en su soledad. Un grito reprimido, unas ganas inocultables de barrer su mundo de intrusos.

–¿Qué sabe usted?

–Nadie lo sabe –contestó él con tranquilidad.

–Es igual –dijo ella y él advirtió en su voz un levísimo temblor–. Cualquier lectura es igual, cualquier música.

Ninguno demostró intención de partir. Se había producido algo; ante los dos destelló una estela que los reunía y cuyo mortecino resplandor los hacía resistirse a la tendencia de volver a ser quienes ellos eran antes de descubrirse en el vientre de aquel viaje, entre la lectura de ella, el movimiento del tren y el fuerte abandono de las manos de él encima de sus piernas enfundadas en los jeans que, sentado, se le ajustaban como una malla gruesa y que ahora le colgaban, arrugados en las rodillas.

¿Quieres un café?, pensó decirle. Pero, no. No un café. Ni una bebida. La muchacha, vuelta hacia la calle, observaba el tráfico humano compenetrada con aquel movimiento en que todos aquellos rostros semejaban uno solo, una cara que encubría la multitud agazapada de deseos.

La mano de él tomó los libros que ella le entregó con docilidad.

–Es una edición muy bonita, pero tiene erratas. Muchas erratas.

Luego revisó el otro libro.

–¿Estudias historia?

Ella asintió. Volvió a coger los libros que él le devolvía y con una sonrisa intentó una fórmula de despedida para dirigirse a la sala de los periódicos.

–¿Vas a ser profesora?

Se abrió el casacón al decir esto. Jugaba a adivinar. A mostrarse. Le enseñaba ahora su cuerpo bajo el casacón. Habría querido tocárselo, a la altura del corazón, pero no para ocultar la cruz que colgaba de su cuello, una señal de pertenencia.

El gesto de ella fue el de quien ignora demasiadas cosas de la vida; tal vez las esenciales. Cierto estupor en el arqueo de sus cejas revelaba una creciente impotencia. En el anular de él, una cintura era otra señal de pertenencia. Lo acarició con la mano, bajo la mirada de ella, su obsesiva atención.

–Yo suelo escuchar a Satie cuando leo a Onetti. Me ha parecido una coincidencia muy curiosa que vinieras leyendo un libro suyo. Una señal de alerta. Me dije: el mundo está lleno de tristes...

La cabeza de ella negaba.

Un guardia apareció en la puerta y los observó. Sus labios se movían como si silbara una melodía, el brazo recogido al apoyarse una de las manos sobre el cinturón del uniforme.

–Pero, no. Tú no eres una triste. Uno cree conocerlos y se equivoca. Tú solo lees a Onetti. ¿No te da pena?

Ella negó con la cabeza, con énfasis.

–Yo no soy triste. Solo...

Estoy enferma. ¿Iba a decir a aquel desconocido que estaba enferma?

—¿Solo?

—Nada.

Enferma no, si se trataba de precisar la situación, aunque podría llegar a estarlo. Contagiada, fueron las palabras que usó el doctor Díaz Salas y, a continuación, poniendo sobre el tapete su juventud, debes decírselo a tus padres para que te ayuden.

—¿Necesitas ayuda?

No era eso lo que se proponía al salir tras de ella del metro. Pero viéndola así, al observar la hondura de aquel profundo agujero de dolor que señalaba su mirada como una ruta al infierno, ¿qué más podía hacer uno que ofrecerle ayuda?

Pero ella preguntó, dando un inesperado giro a la conversación.

—¿Por qué viste de negro?

—Solo la polera.

Se abrió el casacón para que ella pudiera ver bien su polera negra, la breve insignia, a la altura del pecho.

—No es solo la polera. Usted va de negro aunque lleve un bonito casacón de antílope café. Yo sé mucho de gente que va de negro.

—He perdido a alguien.

No vaciló al responder. Parecía haber anticipado aquella pregunta. La enfrentaba con calma y seguridad, como si conociera por anticipado cada giro que seguiría la conversación.

La mano de ella, desprendiéndose un instante de los libros, que sostuvo hábilmente bajo el codo, se aproximó hasta el brazo de él y palpó la piel que alguna vez contuvo un antílope. Conforme su gesto, similar a una caricia, ganaba terreno en el universo de él, los ojos de ella se entornaban con contenida emoción. Él acarició la mano de ella encima de su brazo.

Estaban vueltos hacia la calle. Una mujer y una niña pequeña, vestida de uniforme, entraban en el edificio. Las siguieron con la mirada hasta que alcanzaron la escala que conducía al segundo piso. Ellas no advirtieron aquella atención. Él eludía, de esa manera, el rostro de ella frente al suyo, la cara de una muchacha cuya mano acariciaba en un tiempo de cuya brevedad tenía una conciencia muy clara, a pesar de que podía sentirlo escurrirse como el cuerpo de una marea en declinación.

La mano de ella retrocedió. Entonces él se volvió a mirarla y observó sus ojos abiertos, enrojecidos y extrañados.

−¿Por qué una muchacha lee a Onetti y escucha a Serrat? Puedo entender lo de Serrat, pero ¿por qué Onetti?

−¿Por qué un hombre que sufre sigue a una mujer en problemas?

−No sufro −dijo él−. O dejaré de sufrir dentro de poco. Dentro de muy poco yo dejaré de sufrir y tú de necesitar ayuda.

−Tal vez −dijo ella.

Había vuelto a abrir el bolso y a sacar el cordón con los audífonos. Mediante una maniobra que él no advirtió, sus manos encendieron nuevamente el aparato, esta vez sintonizando una radio. Ella le alargó una de las salidas del audífono. Sonaba una sinfonía que él creyó reconocer, aunque no quiso aventurar el título. Y después de todo, ella no esperaba saber qué era aquella mezcla de violines y violas, en la que de pronto entró un tambor con sostenida intensidad.

Se sonrieron. Ella comenzó a adentrarse en el gran edificio por un pasillo que se oscurecía. El se quedó de pie cerca de la puerta, junto al guardia que había dejado de observarlos y bostezaba. Admiró la tela de su casacón, muy limpia y nueva.

–¿Le sucede algo? –preguntó deteniéndose.

El hombre no respondió. Se ajustó el casacón. Su dedo repitió la caricia a là cintura del dedo anular.

–Me gustaría estar contigo un rato. Tal vez invitarte a tomar un café. O quedarme contigo mientras haces tu trabajo. ¿Vienes por un trabajo?

La vio sonreír. Un enjambre de adolescentes ascendía por las escaleras produciendo un zumbido de voces. El guardia se acercó y les dijo algo. La muchacha seguía sonriendo.

–Porqué no. Un café –aceptó por fin.

Habría querido invitarla a otro lugar. Le parecía El Colonia un salón de té demasiado cargado de recuerdos. Pero era ella quien decidía ahora, la que conducía con sus pasos aquella expedición y quien dijo, luego de sentarse, y cuando la camarera vestida de campesina alemana se aproximó a ellos:

–Quiero una taza de leche. Caliente.

–Yo un café. Cargado.

–¿A quién ha perdido usted? –preguntó ella después, mientras la camarera se alejaba.

No demoró aquella pregunta. Quería significar que sabía conducir una conversación, llevarla hasta el punto de su propia indagación, sin mostrarse.

–A mi esposa –dijo él.

–Lo ha dejado –apuró ella pensando que quizá era así como hacían los sicólogos, adelantándose a las confesiones y asegurando así su certeza en conocer cómo funcionan los hombres y mujeres, todos, más o menos, bajo un patrón común.

–Ha muerto –precisó él.

–Claro. Ha muerto.

Él no dejaría escapar su dolor, de manera que se limitó a decir:

–Ha sucedido hace una semana. Hoy hace exactamente una semana. ¿Sabes? Me cuesta la conmiseración de la gente que conozco. Tal vez antes jamás te habría seguido. Pero pensé que había algo en común entre tú y yo. ¿Me entiendes?

–Lo entiendo –dijo ella–. No sabe cómo lo entiendo.

Y extendió su mano por encima de la mesa, cogió la de él y la aferró fuerte entre la suya, advirtiéndola grande, áspera, cálida.

–No es lo que tú a lo mejor imaginas...

–Yo no imagino nada.

–...sino un sexto sentido que me dice que tú...

–Que sufro.

–O algo así.

–Está bien. Está bien.

Mientras lo decía, su mano se cerraba alrededor de la de él, y su calor se vaciaba en el cuerpo de aquel hombre deseoso de vida.

Pero entonces volvió la camarera vestida de alemana y les pidió espacio para poner las tazas. Ella se bebió su leche; él, su café.

Después se despidieron pensando los dos que la mejor manera de hacerlo era no darse un nombre ni un número telefónico. Ninguna seña que les permitiera volver a la mirada de adivinación, abajo, en el interior del vagón. Sin tocarse las manos otra vez ni volver la cabeza cuando estuvieron en la calle. Y ella se encaminó hacia la biblioteca mientras él miraba la hora en su reloj preguntándose, con tales palabras, qué haría con su vida ahora, con la vida que todavía le quedaba en un cuerpo que pronto comenzaría a acusar el paso de la enfermedad.

Políticas editoriales

–Lo que usted necesita es una sicoterapia –dijo el hombre.

Y se quedó mirándome, constatando quizá cómo me iba con aquel balde de agua fría. Era gordo, de estatura más bien alta. Usaba anteojos bifocales, lo que atribuía cierta ambigüedad a su trato.

–Ya lo sé –respondí.

Pero si mi respuesta era inadecuada –pues en aquellas circunstancias se imponía una bofetada–, su conclusión era totalmente antojadiza. Porque yo no me encontraba ante un médico a cuya consulta hubiera llegado para relatarle mis problemas a la hora de dormir o la inercia que me había ido ganando durante los últimos meses.

El hombre que estaba ante mí era un editor. Y me había hecho llamar para eso.

–Quiero decir –agregó– que su texto es muy interesante y está razonablemente bien escrito. Pero se aleja de nuestra línea editorial. Me explico. El lector actual, nuestro mercado, no quiere leer este tipo de cosas. No le interesan. El público al que nuestra editorial está dirigida, la mujer por ejemplo, quiere que le narren historias de amor, pero con heroínas contemporáneas; mujeres infieles, seductoras, hermosas, ricas, mujeres exitosas cuyo resplandor los hombres no pueden soportar.

Y el lector, el hombre, busca acción, lugares exóticos. Usted me entiende; hombres de mundo, hedonistas. La literatura sicológica, lo mismo que la social, está pasada de moda. La segunda es para algunos delirantes que aún quedan por ahí. En cuanto a la sicológica, para eso están los sicoterapeutas, no los lectores. Es a ellos a quienes corresponde hacerse cargo de eso. ¿Me comprende?

Cómo no. Se explicaba bien. Y cuando lo hacía, usaba muchas palabras. Si omito algunas de las citas que empleó para avalar su discurso es porque olvidé todo aquello que no iba al meollo del asunto. Nos estaba mandando, a mi manuscrito y a mí, de paseo. Además, el olvido es uno de los obstáculos que han levantado ante mí los setenta años que llevo sobre este mundo. Justamente, para sortearlo, yo había escrito aquella novela.

–Además –continuó, por si lo anterior no había terminado de abatir mi esperanza, ya que no alcancé a experimentar entusiasmo–, las historias de familia, como la suya, que fueron tan del gusto de nuestros lectores hace algunas décadas, han perdido todo interés. Imagínese, hablar de abuelos filatelistas y nanas que entregan sus vidas a los hijos de otras en una sociedad donde todo se reduce a las cuatro paredes de una familia nuclear o a la más absoluta soledad. Por si lo anterior fuera poco, quiero explicarle que los paisajes rurales están pasados de moda. La gente quiere historias que transcurran en las ciudades; mientras más grandes, mejor. Y si se parecen menos a la nuestra que a Nueva York, espléndido.

–Comprendo –asentí.

Una muchacha joven, delgadísima, entró con una bandeja y dos tazas de café que puso sobre el escritorio. Me ofreció azúcar.

–No, gracias, linda.

–¿Se siente usted bien? –preguntó entonces ella con un gesto de ternura que presumí había sido considerado a la hora de seleccionarla para el cargo.

–Perfectamente, linda.

El hombre me hizo un gesto para que tomara mi café y dejó el suyo sobre la bandeja. Haciendo un acopio de esfuerzo para que el incipiente temblor de mis manos no delatara mi nerviosismo, extendí una de ellas hasta la taza, la cogí con determinación y la aproximé hacia mis labios.

–Yo prefiero ser así de franco. Verá, usted, en los años que ejerzo como editor, he tenido la ingrata labor de rechazar muchas novelas además de la suya, y créame que comprendo cómo se siente. Ha invertido usted un gran trabajo al escribir estas quinientas páginas –al decir esto levantó el manuscrito y lo dejó caer sobre el escritorio como si se tratara de un ladrillo–, ha hecho, me imagino, un esfuerzo de memoria e investigación para redactar esta novela y, además, ha pagado, según me dice en su carta de presentación, a un profesor de castellano para que corrija las imperfecciones de sintaxis y ortografía, para que vele por el uso correcto del lenguaje. Todo eso, mi distinguida señora, es verdaderamente encomiable.

Yo asentía, bebiéndome el café a pequeños y reiterados sorbos.

–Y no me cabe duda –continuó– que esta historia tiene un gran interés personal. Quiero decir que entiendo que están aquí los recuerdos de su vida pasada, de una infancia inolvidable, en fin...

–Exacto –lo interrumpí.

¿Por qué hice esto último?

–Pues bien –le expliqué a la sicoterapeuta que me recibió días después en su consulta. Se trataba de una joven y dulce mujer que me observaba con un cuaderno sobre el regazo, donde iba anotando algunas de las cosas que yo le señalaba–, me educaron para eso. Me enseñaron, desde pequeña, que una mujer no debía contradecir a un hombre con autoridad. De manera que lo que hice entonces no fue sino asentir como había sido instruida debía hacerse siempre, reservándome en el fuero interno mi rabiosa discrepancia.

La chiquilla, la terapeuta, tomó nota de eso.

–¿Quién te lo enseñó?

–Mi madre. Mis tías, abuelas. Las monjitas con las que me eduqué.

Ella asintió y yo continué con mi historia.

–Además –agregó el hombre– está el factor de la edad. No obstante que según los últimos estudios, el segmento que más lee se encuentra sobre los treinta años. Ese mismo lector quiere historias de jóvenes, jóvenes de aquí, hoy, de esos que practican el sexo indiscriminado y sin compromisos y se drogan, que vuelan en aviones de aquí a Francfort y de Francfort a Somalia. Y ese lector busca, además, a un escritor tras el texto, un ser con el pálpito de la vida, que apuesta a la literatura el todo por el todo. Imagínese, usted, lo que sería incluir en nuestro catálogo, junto a los nombres de Figari –un homosexual confeso– y de Cristina Verdana –la chica que hasta hace poco era amante del ministro de Economía, al que dejó por un jugador de fútbol–, el de una abuelita que recuerda, para relatárselo a su nieta enferma de leucemia, el beso que le dio el Segundo, el peón de la hacienda, la tarde que cumplió quince años.

—En realidad —asentí.

—Desde luego, su historia es extraordinariamente interesante. Y en lo personal, yo que estoy más cerca de la edad suya que de la de Figari o la Verdana, prefiero su historia. Yo también me crié en el campo, sin ir más lejos.

A esas alturas, no entendía muy bien lo que me estaba queriendo decir, de manera que cogí mi cartera dando a entender a mi interlocutor que comprendía, por supuesto que comprendía. Una muchacha educada para no discrepar también sabe resignarse.

—Sin perjuicio de lo cual, mi linda señora, yo estaría encantado de ayudarla en lo que pudiera.

Era el término de la entrevista, que había tenido un giro incomprensible. El hombre estaba al borde de las lágrimas, al punto de que, en un acceso de maldad, consideré la travesura de despedirme de él recomendándole visitar a un sicoterapeuta.

Pero obedecí. Y ya llevo dos años repitiendo, semana a semana, la fórmula del primer encuentro, esa según la cual la muchacha me pregunta cómo estoy y yo le respondo que bien, muy bien, aunque todavía no logro resignarme a que nadie publique mi novela.

Cuando regreso de las sesiones, tal vez a causa del estado de emotividad en que éstas me dejan, descorro la cortina de mi habitación propia —una manera de decir, puesto que todas lo son desde que se fue mi hija menor— y me instalo a revisar las primeras diez páginas y solamente las primeras diez, porque siento un horror incontenible de continuar con la lectura, más aún con la escritura de las siguientes, no obstante haber sido alguna vez capaz de llegar a los quinientos folios, los que el editor dejó fuera de sus políticas

Para la muchacha –bien podría ser mi hija, vaya paradoja, pero qué circunstancia, vista detenidamente no lo es– mis sentimientos de frustración van más allá de la imposibilidad de publicar la novela. Y asegura que son el resultado de toda una vida de aceptación y que mi espíritu se rebela –probablemente no por primera vez– ante eso.

Para mí que la chica es algo feminista; ahora casi todas lo son. Incluidas algunas que fueron compañeras mías de colegio y que, una vez muerto el marido, han echado fuera con el codo lo que escribieron durante sus largos años de matrimonio.

Pero lo bueno es que esa muchacha me ha invitado a recordar.

Veamos. He recordado que cuando era muy niña vivíamos, mis padres y yo, en una vieja casona de la calle Libertad. Eulogio, que así se llamaba él, había echado una herencia magnífica a las patas de los caballos. Tales eran las palabras de mi madre, Pilar, a la hora de explicar –cuestión que nadie le exigía pero a lo que ella se sentía obligada– la miseria en que vivíamos, arrendando piezas a pensionistas de dudosa reputación y escasos hábitos higiénicos.

He recordado que en el campo de Colchagua, cuyos viñedos están exquisitamente descritos en mi novela inédita, la que he dicho arrojé a la basura aunque eso es falso, porque está en uno de mis cajones, yo era recibida durante los meses de enero y febrero como la pariente pobre, la hija de la peluquera que mantenía al bueno para nada de Eulogio.

Había ahí, además de Segundo, el peón que hacía los encargos de la abuela, muchos primos. Las primas Aurora y Magdalena, que estudiaban con las carmelitas y cuyos vestidos yo heredaba al término de temporada para felicidad e indignación de mi madre, quien hacía notar al bueno para nada de Eulogio las costuras reventadas y la falta de prolijidad con que las muchachas del aseo que trabajaban en las casas de sus hermanos lavaban los cuellos de las blusas.

Estaban el primo Alberto, que después se hizo sacerdote. El primo José Pablo, que sería senador. Y el otro, Luis Antonio, quien compartía la genética de mi padre y demostró que esta información es implacable haciéndose un bueno para nada.

Y las abuelas. Una que gobernaba la hacienda y la otra, al parecer menos inteligente que la anterior y con quien la gobernante me obligaba a jugar canasta sobre una mesa de paño verde con la indicación de dejarme ganar dos de cada tres juegos.

Toda aquella gente.

–De manera –decía la muchacha, la sicóloga– que tu infancia fue muy distinta de la que describes en tu novela.

–Distinta y parecida.

Consideraba esta observación una paradoja más. Cuando la descubrí, una tarde de invierno, dos días después de mi sesión, me quedé largo rato mordiendo el extremo del lápiz. Escribo a mano con lápiz de grafito, en un cuaderno de croquis, algunas veces de pie, otras sentada; a menudo lo hago boca abajo sobre la cama, también boca arriba, con las piernas levemente alzadas sobre un cojín por lo de las várices.

Me explico.

El lugar era el campo de Colchagua. Las tías eran aquellas que describo en la novela. La diferencia está en que en la novela omití todo aquello que carece de esplendor.

La muchacha no me preguntó las razones por las que soslayé aquel asunto. Tal vez porque ya lo adivinaba. O, creo ahora, porque aquella revelación era parte de un propósito que ella perseguía pero debía darse espontáneamente.

Cuando las vacaciones llegaban a su fin, yo regresaba a la vieja casona de la calle Libertad, me ponía las ropas de mis primas remendadas por mi madre y nos íbamos las dos por una vereda angosta a buscar productos de belleza para el cabello.

¡Dios mío! ¿A quién puede interesarle algo así? Fue esta una pregunta que me formulé varias veces, detenida siempre ante el párrafo anterior, a la altura de la página once, justo antes de la pausa que ya dura dos años. ¿O más?

Tinturas para el cabello, cremas, onduladores, moños para la permanente. Debíamos poner todo aquello en el interior de un bolso de género y volver por las mismas calles. ¿Será necesario describirlas?

A los quince años mi padre me llevó, como en los veranos anteriores, al campo de Colchagua. Aquellas vacaciones la abuela y yo estuvimos solas. La vieja con la que debía jugar a las cartas había muerto meses atrás y mis primos, todos mis primos, se encontraban de vacaciones en Europa. La abuela estaba perdiendo a pasos agigantados el pedazo de memoria que aún vivía agazapado en un lugar de su cabeza, de manera que parte de nuestra distracción —o la de ella— consistía en sentarnos en la galería a recordar ella y escuchar yo aquellas narraciones donde sus palabras interrumpían un relato entrecortado con frases tales como: me equivoco, miento, esto no ocurrió así. Fue el verano más largo de mi vida. Recibía las cartas de mamá con indicaciones de que me portara bien con la abuela –mamá había apostado mis vacaciones a que yo regresara con una cláusula testamentaria antes de que la vieja extraviara definitivamente el juicio– y respondía con largas misivas en las que les recomendaba, a ella y a papá, no pelearse, no mucho. Fue el verano en que Segundo hizo lo que hizo conmigo una tarde mientras la abuela dormía la siesta y las chicas mataban un pollo para prepararle el caldo.

Cada vez paso más seguido junto al edificio donde está la editorial. Lo hago como un ejercicio, con un importante acopio de fuerzas y voluntad, la frente en alto. La mirada adelante. En una ocasión el editor y yo nos cruzamos. Yo tengo vista de lince. Él no me vio. Quiero suponer que no me vio.

–¿Y qué si te vio? ¿Sientes vergüenza?

–Vergüenza de qué.

Esa es la pregunta. Vergüenza sentía cada vez que mi padre me presentaba en los salones de la hacienda de Colchagua, aplastada por la mirada de ellos, quienes veían en mí a la hija de la peluquera. Curioso que a estas alturas de la vida recuerde tan nítidamente aquella vergüenza; como si su medida no fuera menor a la de otras, tan explícitas, diáfanos horrores, fantasmales presencias que jamás han dejado de sostener mi mano por los caminos.

El Segundo me invitó a los viñedos a comprobar la dulzura de una cepa. Y no fue un beso lo que me dio sino un empujón bajo la sombra de aquel raleante verdor, un largo forcejeo con su lengua adentro de mi boca. El Segundo me dio sus manos tibias y rijosas y su virilidad de joven campesino que me atravesó la piel como un acero.

La muchacha asiente.

—¿Y por qué, Rebeca, has cambiado esa experiencia por un beso?

—La verdad no lo sé. Bueno. Está el hecho de que soy una dama. Y las damas no tienen historia, así como los caballeros carecen de memoria. Por otra parte, aquel verano no fue en vano. Regresé de mis vacaciones con la cláusula testamentaria que me permitió terminar mis estudios gracias a una disposición que impedía a papá poner manos en aquella herencia. Fui a la universidad, me recibí de profesora de artes, trabajé en esa misma universidad y me casé con Ovalle. Es verdad que Ovalle está muerto hace muchos años. Pero por respeto a la dignidad de su memoria y a la de sus hijos, nuestros hijos, la historia de Segundo no puede ser relatada con absoluta fidelidad.

—¿Y no podría ser ficción? Digo, ¿no podrías justificarlo como un arrebato de tu imaginación?

¿Imaginación?

El hombre, el editor, jamás usó aquella expresión. Era hermosa. Me había valido de ella muchas veces, la invocaba a solas en mi cuarto propio cuando, luego de que se iba la muchacha que hacía las cosas, yo encendía el aparato de radio, me echaba un trago del ron que guardaba en uno de mis cajones para ponerme luego a dormir sobre los apuntes, la página diez y las nueve anteriores.

El editor había dicho, y debí relatarlo a la muchacha, con cierto pudor lo siguiente:

–Hoy no existe una literatura que pueda omitir el aspecto erótico de nuestra existencia. Si usted, distinguida dama, lee alguna de las novelas de la Verdana, comprobará que ella es minuciosa. Nadie tiene interés en una novela de mujer en la que no haya, por ejemplo, una descripción o por lo menos una referencia a una *felatio*, ¿me explico?

Su manejo del latín no impidió que se ruborizara.

–Entiendo.

La muchacha ha recomendado retomar la experiencia con Segundo, en el campo de vides. Amparadas en las cuatro paredes que nos rodean –a veces tomamos té, otras café–, le he contado lo sucedido con el pensionista que trabajaba en la Oficina de Correos y Telégrafos, dueño de una colección de sellos postales que prometió regalarme antes de irse.

–No me la regaló. La colección.

–Sigue –dice la jovencita.

Me regaló su piel de hombre mayor, me dio su experiencia de náufrago que jamás ha navegado. Humedeció mi vientre con la salinidad de sus fluidos. Amor y desesperación. Entrega y avaricia.

–Pero tú querías su colección.

–Al principio. Y eso fue lo que enfureció más a mi madre cuando lo supo, que a tan temprana edad yo me comportara como una prostituta.

–¿Te dolió que te llamara así?

–No. Ni siquiera sabía entonces qué era una prostituta. Lo supe después, cuando entré a la universidad, pero ya entonces estaba prometida con Ovalle. Con él tuve una vida muy buena.

–¿De verdad?

¿De verdad?

"Hasta la muerte de Ovalle, mi buen marido, no conocí las palabras privación, desamor ni desesperación", comenzaba la primera versión, la que conoció el editor.

–Ovalle era como los hombres de aquella época. Gentil. Respetuoso. Algo tirano, quizá.

–¿Tirano?

"Pero debo detenerme en privación. Se estremece mi ser, soy toda ceniza al recordar el entusiasmo que agitaba aquel amor, aproximándose a más".

–Un poco. Quiero decir que se hacía, en general, lo que él decía, aunque según él era al revés.

–¿Entonces?

–Está en la novela. Todo está en la novela, incluso la relación que la mujer mantiene con el joven que le lleva la correspondencia a su oficina en la universidad.

–Pero se trata de una relación platónica.

–Por supuesto. Evidentemente esa mujer soy yo. Imagínate –he dicho a la joven–, ¿qué dirían mis hijos? ¿Y mis nietos?

–¿Qué dirían?

La muchacha ha recomendado reescribir la novela. La historia propia es imposible de corregir, ha transcurrido ya y respecto de ella solo quedan la memoria y la aceptación.

Obediente como soy, comienzo de nuevo. Puedo empezar reemplazando la fiesta de presentación en sociedad a la que mis primas nunca me invitaron, por la tarde en que entré, por primera vez, en el dormitorio del empleado de la Oficina de Correos y Telégrafos. Como en un juego de cajas chinas, la protagonista, que no soy yo sino otra, fruto de mi imaginación, retira de las rodillas del pensionista el álbum con hojas duras de sellos para sentarse ella dirigiendo las manos de él a sus pechos, y entonces aquellas manos ya no son las de aquel hombre sino las del joven que le lleva la correspondencia a su oficina en la universidad, quien a invitación de ella, echa llave a la puerta del privado. Ella se deja abrazar, acaricia, resiste y cede, desnuda desnudando. Sobre las rodillas del empleado de la Oficina de Correos transcurre un primer capítulo, luego del cual la narración retrocede al campo de Colchagua, el cielo, el fulgor de febrero sobre los viñedos entre los que aparece la silueta de Segundo.

Podemos comenzar así, inventando otra vida, una que se sobreponga a ésta, donde la protagonista insiste en caminar por las calles del barrio donde estaba la casona de Libertad, por las orillas de los caminos cerca de la hacienda de Colchagua. Una vida diferente. O similar, tan semejante a la propia que parezca ficción, el invento de una imaginación intransigente.

Qué diría entonces el editor.

Los trabajos de Solís

Para Dagoberto Solís

En la antesala del consultorio, una habitación grande, con cielo alto y pintada de blanco la mitad inferior de los muros, esperaban Perla y su hijo. Perla era tan joven que podría haber pasado por la hermana mayor. Tenía la cara redonda de luna llena y el cabello negro, liso, sin arreglos ni volumen. Vestía con la sencillez propia de las muchachas inconscientes de su condición de pobreza y su hijo con un traje de lana azul, limpio. Ambos despedían un fuerte olor a colonia para bebés.

Había, sentada frente a ellos, una chica un poco mayor que Perla, también con una criatura en brazos y un niño mayor, que recorría incesante y torpemente la sala.

Dentro de poco, una mujer con delantal blanco saldría a la puerta del privado y llamaría al hijo de una de las dos por el nombre de pila, para aguardar a que cualquiera de ellas se pusiera de pie y caminara hasta la salita, en cuya puerta iba a recibirla con la disposición de quien lleva mucho tiempo haciendo lo mismo sin olvidar la importancia que esto tiene.

Perla estaba al tanto del control de rutina. Al peso en la báscula y la talla del cuerpo sobre una superficie de madera seguía la medida de la circunferencia de la cabeza. La mujer de blanco (¿doctora?, ¿enfermera?) utilizaba para ello una huincha de papel, y luego de constatar el resultado de la medición, rozaba, como al pasar, las fontanelas del pequeño cráneo. La felicitaba, retirando las manos del cuerpo del niño, para registrar en un tarjetón los números que comparaba con un confiable gesto de la boca, que denotaba seguridad.

El hijo de Perla se llamaba Camilo.

Perla estaba muy agradecida de cómo se habían dado las cosas que en un primer momento parecieron difíciles. Aprendió, los últimos meses de su vida, que siempre es bueno tomársela con calma, que no existe dificultad o asunto que no pueda enfrentarse de acuerdo con aquella filosofía y lo contrario es igual que estrellar la cabeza contra un muro.

Parecía increíble, sin embargo, y era este un pensamiento frecuente cuando esperaba en aquella sala a que la mujer llamara a Camilo, increíble que todo hubiera ido tan bien, como absurdo el horror de unos meses atrás, cuando debió decírselo a sus padres, explicarles que no habría otro para hacerse cargo de la criatura, sin entrar en los detalles de la noche del concierto en el gran estadio comunal, la botella de tequila, el muchacho que no era del barrio y a quien no había visto antes ni volvería a ver después; una verdadera lástima, porque no hubo entre ellos el intercambio de teléfonos, direcciones, el mínimo indicio de quiénes eran, padre y madre, no obstante, de Camilo. Ante el terror, que le quitaba el sueño y la respiración, de enfrentar a su familia, Perla consideró la posibilidad del suicidio, escapar de casa, alguna tragedia que atenuara ante ellos lo que en concepto de muchos sería la responsabilidad suya por haberse dejado seducir, aunque, ¿se había dejado, realmente, seducir?

La mujer que vino de la calle parecía cansada. Era el suyo el rostro de alguien que ha permanecido largo tiempo alejada de los brazos de otro, de alguna palabra amable, de los simples gestos de cortesía. Y ocultaba sus manos bajo las mangas largas de un suéter. No llevaba cartera ni bolsa. Se sentó sobre la banca y extendió las piernas; las rodillas de su pantalón estaban raídas. En algún momento la observó, dio una mirada a Camilo y cambiando de manera radical la actitud se aproximó a ellos con una sonrisa que hacía de su rostro el de una persona diferente.

No era demasiado mayor, aunque para Perla, que solo tenía quince años, casi todo el mundo era gente grande. Y esperaba por alguien, porque miraba constantemente hacia la entrada, desde donde había venido, como aguardando una inminente aparición.

Si el muchacho de aquella noche no había mentido, Camilo era también el nombre de su progenitor. Pero ¿no había dicho ella que el suyo era Alejandra? ¿No había ocultado que vivía en esa población, que la expulsaron del colegio, que no bebía, que jamás bebía? Ante la voraz batida que daba el olvido sobre aquellos hechos, Perla constataba con tristeza que había ido perdiendo la memoria de aquel rostro, aunque no de lo que hablaron, de cómo sucedió todo. La historia, en sí tenía cierto carácter providencial, porque no estaba arrepentida.

Es verdad, toda muchacha de quince años desea que las cosas ocurran de otro modo, y prefiere para los hijos que engendra a un padre real y presente. Pero no siempre se puede. Aquella era una máxima de su propio padre. Se la repitió durante toda la infancia, desde la primera muñeca Barbie deseada. No siempre se puede. Y aquel temprano aprendizaje de aceptación fue de gran utilidad a la hora en que la historia con el padre de Camilo enseñó sus reveses. Camilo padre. Era inevitable, sin embargo, dejarse confundir por un recuerdo tan inexacto que peligrosamente derivaba a veces en la idealización. Era un muchacho de aspecto distraído; podía pronunciar frases completas en inglés; su cabello era de color castaño y estaba cortado casi al rape, de manera que al desplazar la mano por su cabeza descubrió lo suave que podía ser aquella pelusa afeitada. Dos aros de argolla abrazaban el lóbulo de su oreja izquierda. Algún día Camilo sería como él, un poco nada más; había heredado su cabello.

–¿Cómo se llama? –preguntó la mujer junto a ella.

–Camilo.

Le evadió la mirada. Raro. Su cabello mal teñido le caía sobre la cara, pero Perla imaginó que en aquellos ojos huidizos despertaba un brillo dormido, el que provocaba la contemplación de su hijo.

–¿Me dejas cargarlo? Debes estar cansada. Es muy gordito.

Fueron las últimas palabras que pronunció. Su voz era dulce, con una musiquilla que a Perla se le antojó del sur.

Y le pareció natural entregárselo un instante. Entonces se puso de pie y sin perderlos de vista se encaminó hacia la ventana de la sala de espera, a través de la cual podía ver la imbatible suciedad del aire sobre un patio con viejos muebles desvencijados, un muro muy alto, sin ventanas y dos pájaros detenidos sobre un cable que podía ser de teléfono o electricidad.

Hablaba al oído de Camilo. Y el niño reía. Había cogido el escapulario que llevaba colgando sobre el pecho y le daba tirones, lo que parecía divertir a la mujer. Era alta; la vio alta al llegar, aunque mientras sostenía al niño permaneció sentada; tenía una figura más bien gruesa; las raíces de sus cabellos eran muy oscuras y sobre sus ojos negros –reparó muy bien en aquel detalle– dos pares de cortinas tupidas y tiesas se cerraban constantemente como las de alguien que padece de una alteración nerviosa. Vestía con sencillez; el par de jeans, zapatillas y un largo suéter tejido a mano, de color lila, con un bordado en el pecho.

Para que algo ocurra, para que un suceso extraordinario o una fatalidad se deje caer y abandone una cicatriz indeleble en la memoria de muchachas como Perla, es necesario que concurran ciertas circunstancias. En su caso, la mujer de blanco apareció en la puerta del privado.

–Renato –llamó.

Le gustaba aquella mujer. Cada vez que la veía aparecer en aquel umbral tenía la sensación de que se preparaba algo muy importante para su hijo.

La otra muchacha se puso de pie con dificultad. Debía cargar a su hijo, tomar y echarse al brazo el bolso con los pañales, la ropa y mamaderas, ajustar el largo chal con que lo había arropado y coger de la mano al otro niño, que había comenzado a caminar hacia la calle.

Perla sonrió. Avanzó tras de él y cogiéndolo de la mano con la suavidad y firmeza que le otorgaba su experiencia de madre recién inaugurada, lo llevó donde la muchacha esperaba.

–Iremos con mamá.

El niño no se resistió. Perla se sintió muy contenta de poder ayudar a una muchacha que era un poco como ella, alguien que concurría sola hasta el consultorio para cuidar de la salud de su hijo pequeño. Le ayudó también cogiendo el bolso y echándoselo ella al brazo para que la chica pudiera entrar al privado. En el interior –había un móvil nuevo– puso el bolso en el respaldo de una silla y dirigió algunas palabras de prevención al niño, algo así como pórtate bien mientras examinan a tu hermanito.

La muchacha comenzó a desnudar a la criatura sobre la camilla. Ella y la mujer de blanco se recordaban de algún control anterior. La segunda tenía ya sobre el escritorio la ficha para registrar los avances del niño.

–¿Cómo ha estado?

–Bien. Muy bien.

Aquella mujer tenía un sentimiento muy especial, al que también podía llamarse piedad, por las jóvenes como aquella que estaba frente a ella o la que acababa de salir de la consulta. Las consideraba verdaderas niñas jugando prematuramente a la maternidad. Estaba segura, por lo demás, que a los quince años ninguna chica estaba preparada para hacerse cargo de un hijo. Y sin embargo...

Pensaba en eso, con la sonrisa habitual puesta en medio de la cara, cuando Perla entró nuevamente en la oficina. Sus ojos estaban muy abiertos y la voz, estrangulada en la garganta, pronunció a duras penas las terribles palabras.

–Mi Camilo. Esa mujer se ha llevado a mi Camilo.

Luego la vio correr. El niño, todavía a medio desnudar, comenzó a llorar.

Minutos después, dos funcionarios del consultorio intentaban calmar a Perla ofreciéndole un vaso de agua que ella se negaba a beber. Aunque ninguno de los presentes podía saberlo, la muchacha que permanecía de pie en medio de la antesala con las manos en la cabeza ya no era la Perla amable y serena, reconciliada con la vida donde no siempre se puede que vieron entrar en el consultorio. La de ahora apenas era capaz de articular la palabra hijo, único sonido que emitió durante largos minutos.

Los de la policía llegaron después, pero ya era demasiado tarde para alcanzar al niño y a la desconocida, a quien Perla debió describir a través de cada uno de los detalles que recordaba. El suéter lila de mangas largas, que ocultaban sus manos. El cabello mal teñido. La hicieron sentarse en la oficina del director y subir, después, a un vehículo policial para que los acompañara a la prefectura, donde muchos hombres, casi todos en mangas de camisa, repetían las mismas preguntas.

–¿Cómo era?

–Parecía muy alta, pero estuvo sentada casi todo el tiempo.

–¿Dijo su nombre?

–No.

–¿Qué edad crees tú que tenía?

–Treinta.

–¿Cómo iba vestida?

Debió contestar muchas veces lo mismo. De pronto comenzó a preguntarse si era realmente así, si llevaba zapatillas, si sus ojos eran cafés, si el cabello había sido teñido, alguna vez, de color rojo.

La joven a la que ayudó con su hijo confirmó cada uno de aquellos detalles y expresó a uno de los policías el profundo impacto que la situación le provocaba, porque bien pudo sucederle a ella.

Después llegó el difícil momento de describir a Camilo. Los de la policía se enfrentaron entonces a la necesidad de exigirle más precisión, convencer a Perla de que eran rasgos más específicos que la belleza del niño los que querían porque, y ella debía perdonarlos, para todas las madres sus hijos son hermosos.

Más de dos horas permaneció sentada en la antesala de la oficina. Cada cierto rato alguien, que pasaba por ahí, le preguntaba si era la chica a la que le robaron el niño, para dirigirle a continuación un par de frases esperanzadoras. Alguien hizo llamar a su madre, quien llegó –parecía tan vieja su madre en medio de toda aquella gente, tan pobre– con el gesto de desesperación ante las dificultades que Perla le conocía muy bien.

Su padre apareció después. Y con él un par de vecinos de la cuadra. Se subieron todos a un taxi y volvieron a la casa.

Perla no regresó al colegio. Su madre le suministraba, por las noches, unas cápsulas amarillas para que pudiera dormir. La peregrinación de personas que llegaban a su casa pareció interminable, al principio. Y de policías, quienes insistían en preguntarle por el padre.

–Así que no sabes quién es el padre.

Perla negaba con la cabeza.

Su madre insistía en estar presente en todas aquellas entrevistas. Celosa de la dignidad de Perla, no iba a permitir de alguno de ellos el comentario que pudiera humillarla.

–Ya le dijo que no sabe.

–¿No habrá sido él?

–Ya le dijo la niña que era una mujer.

–¿Y una mujer por encargo de él?

–Él no sabe. Ni siquiera sabe.

–Nunca se lo dijiste, ¿ah?

Ni a su padre debió explicarle como ocurrió aquello. Ni siquiera él, tan severo con ella y sus hermanos cuando se trataba de la marihuana o la vagancia, pidió las explicaciones que ellos parecían aguardar; un nombre, los detalles físicos de él, dónde vivía y luego, corolario de aquella investigación, el breve relato de la historia entre ellos dos.

Perla se limitaba a señalar que no era él, no podía ser él pues nunca supo.

Para algunos era sospechoso que no llorara, que en sus ojos oscuros e intimidados no surgiera la huella de la locura, que sus manos se limitaran al frenético movimiento de retorcer los dedos, una con la otra.

No para el inspector Solís.

–Soy Dagoberto Solís –dijo de pie bajo el umbral de la sala donde se agolpaban dos vecinas y otros tantos policías– ¿Me pueden dejar un momento a solas con ella?

Mientras los otros salían, sacó un cigarro y golpeó uno de sus extremos sobre una rodilla. Sin llegar a encenderlo, jugueteando solamente con él entre los dedos, inició un curioso juego de adivinanzas con extraordinaria calma, con tal lentitud de palabras, que fue aquella postura suya la que le permitió a Perla salir hacia un mundo en el que podía volver a comprender.

–Tú no sabes quién es el padre porque lo viste una sola vez, ¿verdad?

Y Perla asintió bajando la mirada.

–No hay cuidado.

Era más alto que los hombres de su familia. Tenía un cabello fino y escaso, que dejaba al descubierto buena parte de su frente. El ademán de sus manos, al hablar, daba la impresión de alguien a quien el tiempo le sobraba.

–No hay cuidado, Perla. Hablemos de aquella mujer. Sabes que ella está cuidando de Camilo, ¿verdad? Que si se lo llevó es porque quería cuidar de él, ¿cierto?

–Se lo llevó.

–Así es, Perla. Pero lo vamos a encontrar.

Conversaron muchas tardes. O mañanas. Solís llegaba hasta su casa, se sentaba a esperarla en la pequeña sala donde había un televisor, los sillones y el amoblado de comedor hasta que Perla aparecía desde detrás de una cortina que separaba la estancia de uno de los dormitorios. Hablaban del colegio, de las compañeras de curso, de la profesora de inglés, que seguía visitándola día por medio, y de la directora, que fue muy gentil con su madre cuando ésta le comunicó que Perla estaba embarazada. Le hablaba de sus hijos; tenía tres, la mayor de la edad de Perla; le enseñó fotografías de ellos tomadas en la playa durante las últimas vacaciones.

En los brazos de Solís, Perla se echó a llorar el día que se cumplía un mes desde aquel en que la mujer se lo robó.

Y fue naturalmente él quien pasó una mañana por su casa, antes de la hora habitual, y le dijo que se vistiera, rápido, que un vehículo esperaba por ellos; tenían que ir al cuartel.

–Tengo una sorpresa para ti, Perla. Adivina.

Había gente de la prensa a la entrada. Pero el propio Solís los expulsó y para Perla hubo en aquel gesto cierta identidad con la escena descrita por la Biblia, cuando Cristo expulsó a los mercaderes del templo a latigazos.

Entraron en el despacho de Solís, una oficina gris, desordenada, quizá hasta un poco sucia. Un desbocado sentimiento de precipitación se golpeaba adentro de su pecho, en cada latido. Primero llamaron, suavemente, sobre la madera de la puerta.

–Entre –dijo Solís, de pie junto a ella.

Y la mujer, vestida de uniforme, apareció en el umbral con Camilo en sus brazos.

Ella y Solís sonreían ante su felicidad. Aunque Perla jamás se enteró de aquella sonrisa.

Al salir los tres de aquel privado, un fotógrafo registró la escena, las lágrimas de Perla, el gesto de confusión de Solís, apartándose del centro de aquella mirada, sus dedos índice y pulgar de la mano derecha parecían suplicar un minuto, un segundo. El reportaje salió acompañado de aquella instantánea y eso hizo arrugar el ceño a Solís, por la tarde, cuando el periódico estuvo sobre el escritorio.

Pero Solís tenía trabajo aquella tarde. De manera que luego de tirar el periódico a la basura, se puso de pie y salió al pasillo sin chaqueta. Era un hombre cansado. Durante el tiempo que duró la búsqueda del hijo de Perla destinó muchas horas de esfuerzo al dolor de aquella muchacha, un sufrimiento que necesitaba mitigar. Él y Perla hicieron

algo de mucha importancia. Perla le estaba agradecida. Antes de irse, quiso besar sus manos de
fumador. Recordar aquello provocaba en el ánimo
de Solís un sentimiento de tristeza, el desencanto
ante una felicidad inalcanzable. Pero aquello era
ya parte de su pasado. Un trabajo concluido.

Ahora empezaba una nueva historia.

La mujer tenía la cabeza inclinada sobre el
pecho y le dio una larga mirada, cuando entró, a
través de sus lisas y tupidas cejas y del velo de
cabello que le ensombrecía un gesto de dolor. Solís
suspiró. Se sentó enfrente de ella y sacó un cigarrillo. Lo golpeó sobre la rodilla. Sobre el pecho, el
suéter lucía un bordado. Era una flor, una margarita blanca. Se parecía a las flores que dibujan los
niños en sus cuadernos, a sus primeras flores. Le
tomó una hora, sino más, conseguir que levantara
la cabeza. Cuando por fin lo hizo, debió esperar a
que dejara de llorar. Aún despedía el olor a leche
cortada y colonia para bebés del que Perla, como
la mujer ahora, le habló alguna vez con los puños
apretados.

La preciosa vida que soñamos

Sobre la mesa del comedor, cubierta con un mantel de algodón azul, estaban los recipientes con las ensaladas, las copas de vidrio grueso y borde amarillo, los platos. Las servilletas enrolladas imitaban llamaradas blancas en los cuencos de las copas.

Si se tomaba distancia, podía tenerse un punto de observación que permitía apreciar mejor los detalles de aquella obra en la que había trabajo, dedicación, gusto, dinero. Podía sonreírse con medida satisfacción. Era una mesa sencillamente dispuesta en la que, sin embargo, nada faltaba. Claro. Si se miraba con detención, uno echaba de menos la panera, imaginada todas las veces como un sencillo recipiente de cestería en que encontrarían cabida, de un lado, los panes, y del otro las galletas para untar con mantequilla y mermelada.

Pero, y a excepción de la panera, una mesa perfecta a la espera de los comensales: el esposo y ella.

En la terraza, la niña iba y venía trasladando arena en uno de sus baldes. Fue una buena idea pedir al constructor que les dejara ahí un poco del material sobrante de la obra. Los niños aún estaban en edad de disfrutar de ese material. No molestaba. No en esa cantidad. No como cuando estaban recién construyendo y se acumulaba a la entrada. Quién habría podido imaginar que de entre esas montañas de escombros surgiría aquella casa, su casa.

La construcción. Aquellos cinco meses fueron eternos. Cinco meses de espera. ¿Existe algo peor que la espera de aquello que vendrá, que uno sabe que vendrá y cuándo, pero tarda?

Y ahora la panera.

Cuando nada faltara, el día en que llegar hasta ese segundo hogar fuera algo tan simple como abrir la puerta del departamento en la ciudad, la vida nueva, la preciosa vida que imaginaron se encontraría desplegada ante ellos como una fruta alcanzable, el escenario en el que podrían entrar y moverse como los actores que conocen a la perfección el papel que representan en la obra de la felicidad.

La soñaron durante los tiempos difíciles. Repentinamente, a través de un lento riel comenzó a llegar a ellos. Primero la holgura. Le dieron aquel nombre. La tranquilidad de poner cosas en el carro del supermercado sin llevar la cuenta de renuncias en la punta de los dedos. Después, los fines de semana en que cerraban el departamento en la ciudad y se dirigían a la playa escuchando la música que a los dos les gustaba en el equipo del automóvil nuevo. Y por último, los planos para el gran sitio que descubrieron cierto día desde la carretera.

Era una tarde calurosa. El viento golpeaba suavemente los postigos de las ventanas afirmados con armellas a los muros rojos de madera.

La niña y el bebé ya habían almorzado. El chico recibió su preparado con especial voracidad, como solía cada vez que llegaban a la playa, corroborando así la creencia de que el aire de mar agita los apetitos más plácidos. Luego se durmió en el dormitorio grande, cuyo ancho ventanal miraba al rincón de la caleta donde un roquerío saliente cortaba el paisaje de tierra sucedido luego por el del mar en calma. O agitado.

En algunos de sus sueños el mar adquiría una presencia monstruosa. Pero ella despertaba. Ella pestañeaba y sacudía de su vida aquellos sueños. Los denominaba malos sueños, malas presencias. El mar la llamaba, tiraba de ella, de ellos. El mar la ganaba para sí en aquellos malos sueños. Entonces ella pestañeaba. Ella despertaba.

Ahora debía esperar al esposo, quien regresaría del puerto trayendo un hermoso pescado para el almuerzo. Frutas frescas. Traería pan. Vendría para comer y luego saldrían a dar una vuelta o se quedarían haciendo algunos arreglos mientras la niña jugaba en los montones de arena que dejaron los de la construcción.

Esperar. Verbo implacable.

Salió a la terraza y se tendió en una de las sillas de lona. Escuchó pasar el vehículo que distribuía el gas y el ruido que hacía el hombre golpeando los cilindros con una vara de metal.

Ellos no necesitaban gas por ahora. No tenían necesidad alguna. Todo lo que deseó alguna vez estaba ahí, envolviéndola agradablemente, y eso le provocaba una sensación de plenitud que, si solo lo pensaba, podía destruir el temor precipitado de una pérdida, un miedo que llevaba encima como sus sueños, una separación fortuita, mediada por el mar.

No lo escuchó venir. El hombre se aproximó hasta la casa desde el camino por el sendero de gravilla.

–Por favor, entre en la casa –dijo.

La sombra le bloqueba el sol que antes daba sobre su rostro. Cuando abrió los ojos lo vio delante de ella y advirtió que tenía a la niña en brazos. La niña parecía contenta.

–Por favor –repitió.

No había amenaza en aquella voz, salvo la imperativa invitación de un desconocido que tenía a su hija en los brazos.

Cuando se levantó, dispuesta a enfrentarlo, descubrió que había otros dos junto a él.

Tres desconocidos habían llegado hasta su casa. Ninguno tenía el aspecto de un vagabundo o expresión en la mirada de esas que uno sabe ha de temer. Y uno de ellos tenía a su hija en los brazos.

Los siguió, obediente, hacia el interior de la casa. Una vez en el centro de la gran sala, en uno de cuyos extremos, junto al ventanal, estaba dispuesta la mesa, el hombre dejó a la niña en el suelo.

Se inclinó hacia ella, y luego de abrazarla, como comprobando su integridad, la cogió con firmeza y guió sus pasos hacia las habitaciones interiores.

–Linda –escuchó su voz–. Te vas a quedar aquí, cuidando a tu hermanito mientras yo hablo con los señores.

Sentada en el borde de la cama, las piernas de la niña colgaban. Ella había inventado un juego. Echar el cuerpo atrás y coger sus piernas por detrás, rodeando las rodillas. A través del hueco que dejaban las piernas así juntas, podía ver a su madre, su rostro de preocupación. La niña conocía aquella expresión.

Cuando, como ahora, el esposo faltaba, la mujer acechaba el sueño de sus hijos junto a las camas.

Solía afligirse cada vez que tosían. Hasta hace muy poco tuvo la cama de la niña y la cuna del pequeño en la habitación donde ellos dormían, lo que facilitaba la tarea de levantarse y llevarlos a la cama para volverse a dormir abrazada a ellos, confiada en que aquella expresión de pertenencia les precavía de todo mal.

—Vas a cuidar tu hermanito, ¿verdad?

Durante aquellas lejanas noches de desvelo, su esposo llevaba, como ella, su propio insomnio en silencio. Ella siempre supo que no dormía. Su inquietud más recurrente de entonces era imaginar cómo vivían los otros, qué sentían, cuáles eran sus miedos. La tranquilizaba la probable generalidad de aquellos terrores, suponer que la diferencia entre ellos y los otros era la constante preocupación por lo que harían a la mañana siguiente si la situación, o sea los negocios de su esposo, no repuntaban.

Antes de la casa en la playa, mucho antes de la tarde en que ella se había tendido sobre la silla de la terraza a mirar cómo sus piernas iban adquiriendo un hermoso tono dorado, su esposo había intentado hacer andar un pequeño capital heredado de su madre.

Parecía la historia de otros el momento, las circunstancias que rodearon el instante probablemente irrepetible en que el milagro vino a ellos. El dinero comenzó a multiplicarse. Nunca pidió detalles del éxito. Asistió a aquella repentina prosperidad como una invitada. Su esposo aprobó esa actitud dejándole la administración de una buena cantidad que ella jamás derrochó, entregando cada peso a cambio de la realización de lo que hasta entonces fue un deseo acariciado sin demasiado énfasis, casi con la nostalgia por aquello que jamás ha de llegar y cuyo deseo, en consecuencia, ha cesado.

Dos de los hombres se habían sentado a la mesa. Uno de ellos miraba una de las copas al trasluz. Los pasos del tercero sonaban sobre la madera de la sala al recorrerla. El que había tenido a su hija en los brazos, instalado a la cabecera de la mesa rectangular, le dirigió una larga mirada cuando la vio aparecer bajo el marco del umbral del pasillo que conducía a las habitaciones. Y ella adivinó que realizaba un esfuerzo por parecer amable y ocultar algo que parecía desdén.

—Buscamos a su marido —dijo.

—Pueden esperar afuera.

El hombre no pareció escuchar esto último. Su mirada, conforme hablaba, no se fijaba en ella, sino registraba los detalles de los objetos, las artesanías de la sala, las ollas de cobre que pendían del muro de la cocina, separada del comedor por un gran mesón de madera.

—Tienen ustedes una bonita casa. Una bonita casa aquí y un estupendo departamento en la ciudad, ¿no es así?

Ella asintió.

—Su esposo tiene algo que es nuestro —dijo uno de los otros, y el que había hablado hasta entonces le hizo callar.

—¿Qué edad tiene la niña? —prosiguió.

—Tres años.

—¿Y el niño?

-Siete meses.

El hombre sonrió.

—Por supuesto. Siete meses. Recuerdo muy bien el día de su nacimiento. Fue en abril. Usted iba a estar de cumpleaños. ¿Me equivoco?

Una tarde de abril, un mes antes de lo esperado y en el momento en que hacía las compras con la niña, en el supermercado, eligiendo las cosas para la fiesta de la noche, sintió correr el líquido por las piernas. Recordaba haberse sentado instintivamente sobre el suelo y a su hija, de pie ante ella, acariciándole el cabello. Y recordaba el rostro de su esposo a la salida de la sala de partos, más preocupado que feliz; temeroso –así le pareció– de un acontecimiento que había escapado al control que ellos ya imponían entonces a los sucesos. Y a la niña, jugando con el aparato del control remoto en su habitación, acompañada de una enfermera que fue la primera persona en felicitarla. Siete meses atrás.

–No se equivoca.

–¿Sabe cómo lo sé? Porque llevé a su marido a la clínica. Su marido y yo somos grandes amigos. ¿Nunca le habló de mí?

–Tal vez... Si me dijera su nombre.

–Pastenes. Me llamo Pastenes.

–No. Nunca me habló de usted.

–Hay secretos entre ustedes.

¿Secretos? Faltaban cosas. Detalles como la panera y, tal vez, poniéndose muy exigentes, un cortinaje más grueso para los fines de semana invernales, cuando era necesario aislar bien el calor de la chimenea en el interior de la casa. En la vida nada es perfecto; su esposo siempre hacía aquel hincapié y ella sonreía. Era agradable vivir así, sin sobresaltos. Y perfecto, a pesar de lo que él decía.

Pero, ¿secretos?

–No es asunto suyo.

El hombre sonrió. Asintió con la cabeza. El suyo era de esos cráneos redondos y pequeños que se ven hermosos en niños pequeños. En él semejaba una bola. Y sus ojos rasgados y claros sugerían en su aspecto la amenaza de una controlada crueldad.

Había secretos, como existen siempre entre un hombre y una mujer que viven juntos por años. Los dos estaban conscientes de esa realidad y respetaban aquel espacio de privacidad del otro, ratificando de esa manera la confianza mutua. En cierto modo, aquello hacía que la palabra secretos careciera de sentido en el caso de ellos.

¡Qué si había secretos! Su existencia no abolía la certeza sobre la que estaba sustentada la vida de ellos, cimientos de roca, como los de la casa que escogieron, vigilando la posición de los pilotes que permitiría sortear las embestidas del mar. Bien por esos secretos. Ser pareja es muy distinto a constituirse en una unidad.

Su mirada recorrió la habitación. El amplio ventanal daba a una terraza, la única parte de la casa que caía a pique al mar. Al decidirlo así, tiempo atrás, examinando el dibujo en el suave papel con los planos que les extendió el constructor, ella experimentó un súbito terror ante la idea del ventanal sobre el roquerío. Pensó, entonces, en los niños, en ellos; en su esposo y ella apoyados confiadamente sobre la madera del balcón comida por la humedad.

–No sé lo que buscan –argumentó, y luego lamentó haber dicho aquellas palabras, cuyo sentido no terminaba de comprender. Quizá las pronunció porque de esa manera se lo señalaba el instinto. Tal vez porque era verdad. Porque nunca hizo preguntas y aceptó del silencio de su esposo la posibilidad de que todo lo que tenían y en lo que sustentaban su felicidad fuera, simplemente, el milagro que se merecían.

Uno de los hombres le pidió algo de beber. Ella fue hasta el refrigerador y regresó con una botella. Agrupó las copas echando a un lado las servilletas y las llenó luego de descorchar la botella. Bebieron los tres un primer sorbo, sin apuro. Dos de ellos dejaron nuevamente las copas sobre la mesa y el tercero volvió a beber y retuvo después la copa entre los dedos.

Una pesada oscuridad de nubes cubrió repentinamente la tarde.

El viento había comenzado a golpear los postigos de las ventanas con brusquedad.

–¿Crees que vendrá? –preguntó uno de los hombres al que hacía las veces de jefe, de líder.

Pastenes se encogió alzando los hombros y ella bajó la vista, como si ocultara algo. Era una posibilidad absurda. Más bien, ellos ocultaban algo. Ellos habían llegado hasta su casa; se metieron bajo amenazas, porque era una forma de amenaza tomar a la niña en brazos y ordenarle entrar. Ellos ocultaban algo.

El repentino sonido de un motor de automóvil, afuera, hizo a todos volver la cabeza hacia la calle. Los hombres apartaron las sillas y se pusieron de pie. Después el ruido decreció, como si el vehículo que lo producía se alejara por el mismo camino que lo había aproximado hasta la casa.

–No vendrá –dijo ella entonces; la niña había dejado la habitación y estaba abrazada a su cintura, pegada la mejilla a la ropa de ella.

Y cuando terminaba de decir estas palabras, el sonido del automóvil volvió a sonar, creciendo en la ruta hacia la casa. A través de las ventanas advirtieron que traía las luces encendidas. Y por el hueco de la puerta abierta, a la que se fueron asomando primero Pastenes, luego ella con la niña y finalmente los otros dos hombres, lo vieron llegar ante la casa, detenerse, retroceder y dar la vuelta, todo a gran velocidad, conducido en una loca carrera, el desesperado afán de fuga de alguien que huye de alguien, de algo, del que escapa a toda prisa hacia sus propios secretos.

Índice general

La seguridad de los Domínguez   5

Carne viva   17

Asunto de tres   33

Gineceo   43

Poderoso caballero   55

El crimen de Ester   67

La diosa fortuna   75

Ulianov visita a su padre   89

Agujeros negros   103

Lecciones de filosofía   111

El sexto sentido de los tristes   123

Políticas editoriales   135

Los trabajos de Solís   149

La preciosa vida que soñamos   161